またたび回覧板

群 ようこ

ハルキ文庫

JN211262

角川春樹事務所

目次

第一章　ちょっとピンボケ

第二章 猫だましの一発!

第三章　月日の数だけ恋してる

第四章　埴輪の宿便取り

またたび回覧板

第一章　ちょっとピンボケ

ユウウツな確定申告

　ここ何年か、私は税金で悩まされている。昨年から税理士さんにお願いしているのだが、あまりに私のお金の使い方が下手なので、彼も困っているようなのである。確定申告が迫ったある日、税理士さんから報告を受けた。とにかく経費が少ないので、払わなければならない税額が総収入の六割になったという。

「大丈夫ですか。お金、あります？」

　心配そうに彼はいってくれたが、貯金通帳にはそんな大金があるはずもなく、私は、

「かはははは」

と空《むな》しく笑うしかなかった。人間、切羽詰まると笑ってしまうのは本当である。深刻な問題なのにそう考えまいと、私はやたらと明るくふるまった。

「どうにかなるんじゃないですか。払いたいけど、ないものはないですからねえ」

　心配そうな税理士さんを後目《しりめ》に、私はまるで他人事《ひとごと》のように税金のことを考えていたのである。

彼はどうして通帳にお金がないのかを、説明してくれた。本はともかく、経費にならないものに金を遣い過ぎる。つまり税金対策上、正反対のことをやらかしていたのである。経費になるものといったら、文房具、本、ビデオくらいにしかお金を遣わない。家を買うのも興味はない。旅行をすればいいといわれるが、出不精である。それに、もともとが貧乏人体質なので、どかーんとお金を遣うのに慣れていない。本は経費になるけれど他のものに比べて単価が安い。文房具だって同じである。数を買わないと、どーんと経費で落ちないのだが、部屋のスペースにも限りがあるし、物を持ちたくない私は、図書館で読めるものは、借りてすませてしまう。だからおのずと経費の額が低くなってしまうのである。

その反面、趣味のものにはやたらと金をつぎこむ。外国の手作りの素朴な動物のおもちゃも、見たら買わずにいられない。ひな人形がわりの古い市松人形の着物を縫いかえるために、アンティークショップで状態のいい帯や着物を買う。デンマークのクロスステッチのセットを、山のように買ってしまう。輸入品だから高い。セーターを編むのにちょっと値段は高くても、いい毛糸を買う。これは全部、経費にならないものばかりである。つまり私の生活のほとんどは、趣味の部分で成り立っていたわけなのだ。

これまで、確定申告の時期になると、どうしてこんなに通帳にお金がないんだろうと、不思議でならなかったが、税理士さんに指摘されてやっとわかった。経費にならないものにお金をつぎこんでいれば、税金が高くなり、通帳の残金が少ないのは当たり前である。

ふつうの人ならもっと早く気がつくのだろうが、私は今年、彼にいわれるまで気がつかなかった。そこであらためて、税金のしくみというものがわかったのである。

「これからは、経費になるものには、どんどんお金を遣って、そうじゃない部分は切り詰めたほうがいいですよ。そうしないと、ずっとこの状態が続きます」

税理士さんの言葉は、もっともであった。そこで私は、経費ではない部分を切り詰める方法をいろいろと考えた。食費は切り詰めたくないが、洋服はシーズンごとに買う必要はない。趣味のものも我慢すればできないことはない。あとは生活必需品、及び消耗品である。これがなかなか曲者《くせもの》なのだ。ところがそんな私の目の前に、グッド・タイミングで登場したのは、地方の通販会社のカタログである。生活雑貨、下着、洗剤などがあるのだが、商品の値段を見て、我が目を疑った。何とパンティストッキングが七十円。靴下が百九十円。パンツが二百三十円という安さであった。思わず体じゅうの血が騒いだ。しかし、ここでふと、母からいつも聞かされていた「安物買いの銭失い」という言葉を思いだし、主婦の友だちに電話をして、この通販会社を知っているかと聞いてみた。すると彼女は、

「何年も前から愛用しているわよ。質も悪くないよ」

というではないか。私は早速、日々、いちばん使う靴下を二十足。ストッキングを五足。パンツも注文した。それでも五千円足らずの額で、胸をわくわくさせて、商品の到着を待っていたのである。

一週間後、商品が届いたが、彼女のいうとおりであった。私はこれまで、靴下、ストッキングの品質保証の最低値段は五百円、パンツの最低値段は千円だと思っていた。あるときは三千円のストッキングをはき、五千円のパンツをはいたこともあった。それで私に何かいいことがあったかといったら、何もなかった。同じように何もないんだったら、自分の納得できる範囲で、値段が安いほうがいいに決まっている。それも経費にならないんだからなおさらだ。

なぜもっと早く、こういうことに気がつかなかったのだろうと、私はとても後悔している。このごろは消耗品は、通販ばかりである。これまでは身につけるものを買うことはなかったが、心を入れ替えた。最近ではカタログを見るとうれしくてたまらない。とにかく、一万円、千円単位ではなく、百円単位の買い物をちょこちょこするのも楽しいものだ。原稿を書く合間に、カタログを眺めながら、私はOLのときに比べて裕福になったのに、どうしてこういうことをしなきゃならないんだろうと考えると、

「何か変だな」

と首をかしげたくなるのではあるが、今は通販の喜びにめざめてしまった。税金が重くのしかかる暗い生活のなかにも、一すじの明るい光が見えてきたような気がするのである。

運命の赤い糸

世の中には信じられない再会話がある。友だちのまた友だちの話だが、彼女は高校のクラスメートだった男の子と、社会人になっても交際していた。周囲の誰もが、その二人は結婚するものだと思っていたのだが、結局、別々の人と結婚した。ところが何年かたって、二人とも離婚した。そのときは、かつての恋人が離婚したという話を聞いても、

「同じような境遇なのね」

と思っただけで、それ以上の感情はなかった。ところが離婚してしばらくしたある夜、偶然、道端で再会した。それでふたたび恋心が燃え上がり、結婚したというのである。周囲は、

「どうせ結婚する運命なのに、どうして回り道をしたんだろうねえ」

と呆《あき》れたそうだが、二人は仲よく暮らしているということだ。

結婚に憧《あこが》れる女性にとっては、これぞ「運命の赤い糸」といいたくなるような話である。

思いがけず再会した人と結婚に至った話は、現実によく聞くが、私自身にはぜーんぜん関

係ない話である。しかし私には、もっと不思議なことが起こっている。かつて縁があって知り合ったというわけでもなく、近所に住んでいるわけでも職場が近いわけでもなく、顔は知っているが話をしたこともない人と、何度も出くわす。これは、赤い糸ではないにしろ、何かあるとしか思えないのである。

その相手というのは、フォークシンガーの小室等《こむろひとし》氏である。彼はテレビにも出演する有名人であるから、私は彼のことを知っているが、彼はもちろん私のことを知らない。もちろんきちんとご挨拶《あいさつ》もしたことはないし、話もしたことはない。だからこの件は、私だけが認識しているのだが、二十六歳のときに初めて遭遇して以来、五回もいろいろな場所で出くわしている。そのたびに、

「まただ……」

と呆然《ぼうぜん》として、彼の姿を目で追っているのだ。

彼といちばん最初に遭遇したのは、今から十二年程前、丸ノ内線の車内である。会社の帰りで、夜、九時すぎだったと思うが、車両のなかほどで立っていた私の背後で、何人かの人たちが話をしていた。何気なくそちらのほうに目をやると、そこに小室氏が立っていた。そのとき私は、ミーハーまる出しで、

（あっ、小室等だ。こんな有名な人も電車に乗るんだ）

と感動しただけだった。そしてそれから四年後、私はまた同じ丸ノ内線の車内で、ふと

横を見たら、彼が立っていた。そのときも、

（あら、また会っちゃった。ずいぶん偶然が重なるわねえ）

と思った。両方がサラリーマンで、通勤電車の時間帯がほぼ同じというのなら、話はしたことはなくても、顔は知っているという人はいる。しかし私たちはそうではない。そのとき私は会社をやめていて、新宿で友だちと会ったその帰りだった。ＪＲでも帰ることができたのだが、

「たまには丸ノ内線に乗ってみるか」

と気紛《きまぐ》れで乗ったら、彼に会ってしまったのである。そしてそれから以後も、渋谷のスクランブル交差点、新宿などでも姿をお見かけした。それもコンサート会場や、レストランなど、長い時間とどまる場所ではなく路上でである。突然、人込みのなかから彼が私の目の前に姿を現すのである。

この話を友だちにしたら、

「そんな話、聞いたこともないわ」

という。よく芸能人のおっかけの人がいて、お目当てのタレントが行きそうな店や場所を綿密に調べあげて、先まわりしてじっと待ち伏せすることはよくあるようだ。しかし私はそんなことをしたわけではない。ただその場所に行く約束があったから、道を歩いていただけで、彼のほうもそうだと思う。それがどういうわけだか何年かに一度、時間も場所

も一致して、彼と私はすれちがっているのである。

このときから私は、

「もしかしたら、彼と私には何か共通点があるんじゃないか」

とあれこれ考えてみたが、彼がフォーライフレコードを設立したときに、胸が躍ったくらいで、それ以外には何も思いつかない。彼のコンサートにも行ったことはない。こういう経験をした人がいるかと、もう一度、いろいろ聞いてみたが、

「犬を散歩させている近所のおっさんにはよく会うけどね。そういうことはないわ」

といわれた。私は「何かある」と思いはじめてから、テレビで彼の姿を見ると、「うーむ」と腕組みをして考えてしまう。「なぜ」という疑問が、ぐるぐると頭のなかをかけめぐるばかりなのである。

そしてつい先日、私は近所の商店街の歩道を歩いていた。ふとむこうからやってくる車に目をやったら、何と助手席に彼が座っているではないか。奥様らしき方が運転していらして、彼は、

「わっはっは」

と楽しそうに笑っておられた。失礼ではあるが、

「また、出たか！」

という感じであった。ついに五回目の遭遇である。

二十六歳から三十八歳までの間に五回。都内のさまざまな場所で、ふと見ると、そこには小室等。この現実をどう把握したらいいのだろうか。これは今、流行の超能力をもってしても解明できないと、私は信じている。もう、こうなったら、これから何回、どこで彼と遭遇するか、今後の人生の楽しみのひとつにしようと思っているのだ。

犬や猫のいる町

　引っ越しをすると、私は必ずご近所の犬、猫チェックをするのが、恒例になっているのだが、マンションの九階の今の場所に引っ越したときには、もう、そんなこともできないんじゃないかと、正直いって心配した。二階、三階くらいの高さの部屋ならば、下を向けば地べたがみえるし、行き来する犬、猫の姿も見える。しかしそれ以上の階になると、難しくなると思ったからである。ところがマンションの周囲には、古くからの一戸建てに住んでいる人が多く、犬、猫チェックには、事欠かないことが判明してうれしくなった。

　散歩をしてみると、そこここに犬がいるし猫もいる。ハスキー犬を連れている人が見当たらないのもうれしい。以前、住んでいた所では、いかにも、

「ハスキーを連れてる僕たちって、かっこいいでしょ」

といいたげな間抜け面《づら》をした飼い主が、主人の顔だちよりも立派なハスキー犬を、連れている姿を見ることが多かった。しかしここはそんな流行に踊らされない堅実な人が多いのか、ほとんどが雑種である。茶色、黒、近頃あまり見なくなった、目の上に眉毛《まゆげ》みたい

なポッチのついている犬もいる。とにかく血統書よりも、性格のよさで勝負しているような犬ばかりなのである。

裏道を走り回っている猫も、いわゆる駄猫である。首輪をつけている猫、つけていない猫、見るからにノラ丸だしの猫などさまざまだ。そのなかに茶トラの猫がいる。うちの近所の老舗《しにせ》のレストランの裏にいつもいるので、飼い猫が遊びに来ているのかと思っていたのだが、レストランの従業員に対する態度を見ていると、どうもノラみたいなのだ。その茶トラは、栄養価の高い残飯をもらっているためか、顔も体もまるまるとしていて、そこいらへんの飼い猫の何倍も毛艶《けづや》がいい。おまけにみんなにかわいがられているから、性格もおだやかでおっとりしている。初対面のときに私が手を出しても、されるがままで、ぼーっとしていた。そしていつも、のんびりと寝転びながら、目の前を通り過ぎて行く人を眺めているのである。

ところが先日、いつもいる場所に猫がいない。ふと横を見ると、従業員の自転車置き場でぐったりしている。自転車のスポークに、鼻先と両前足を突っ込み、目をとじたままになっているのだ。

「まさか、死んでるんじゃないだろうなあ」

心配になってそばに寄ってみたら、なんと、

「ごーっ」

とまるで地なりのような鼾《いびき》をかいて熟睡していた。とんでもなく無防備な奴《やつ》でもあるのだ。

あるとき、レストランの制服を着た、まだ二十歳《はたち》前とおぼしき男性が、店の裏から出てきた。そして小さな箱の上で寝ていた茶トラの姿を見るなり、小走りにかけ寄りながら、

「○○ちゃーん」

と、猫の名前らしきものを呼んで、ぎゅーっと抱きしめた。そんなことをされても、猫は嫌がるふうでもなく、

「ふにゃー」

とうれしそうな顔をしながら、されるがままである。彼は猫の耳元で、ぶつぶつ何ごとかいっていた。そのたびに猫は相槌《あいづち》をうつように、「ふにゃ」「うにゃ」と声を上げている。もしかしたら彼は、とんでもない失敗をしてしまって、猫に辛《つら》い思いを訴えていたのかもしれないし、うれしいことがあったので、猫に報告したのかもしれない。それは私にはわからないが、彼はいつまでも猫を抱っこして、頬ずりをしていたのだった。

そしてそんな心暖まる姿を、道路を隔てた生け垣のなかからじーっと見ているのが、黒と白のブチ猫である。この猫はまるで、安芸ノ島《あきのしま》がにゃーにゃー鳴きながら、そこいらへんをかけずりまわっているのではないかと思うくらい、関取にウリふたつだ。このブチは飼い猫なのだが、観察していると、どうも愛情に飢えている気配がある。たびたび茶トラ

に、従業員にかわいがられている姿をみせつけられて面白くないのか、この二匹は仲が悪い。どちらかが近づくと、もう一匹がふっとその場を立ち去る。面とむかって喧嘩《けんか》をすることはないのだが、お互いあまり関《かか》わりあいたくないようなのだ。近所に住んでいるんだから、仲よくすればいいのにと思うのだが、猫には猫なりの交際術があるらしい。

ブチは自分の気持ちをまぎらわすために、どうするかというと、家の前を通る人に声をかけてすり寄り、お腹《なか》をさすってもらう。が、問題はすり寄っていくのが、十代、二十代のそれもかわいい女の子だけ。だから当然、私にはすり寄ってこない。

「あの子はどうかな」

と、ブチの前を通る女の子を見ているが、なかなかブチの審美眼は厳しく、平均的顔面の女の子が頭をなでようとすると、すっと逃げる。ところがかわいい女の子だと、たとえ彼が隣にいても、それをものともせずに、

「にゃーん」

と甘えた声を出してすり寄っていく。自分にはないものを求めるというのは、人と猫の間でもありうることのようだ。声をかけられた女の子は、にっこり笑ってしゃがんでブチの頭をなでてやる。するとごろりとあおむけになり、今度はお腹をさすってくれと催促する始末なのだ。通り過ぎる人たちは、みんなブチの格好を見て笑う。そしてその横を飼い主に連れられた犬が通り、

「何だ、ありゃ」

といいたげに、何度もふりかえって見ている。ここは特別、お洒落《しやれ》な建物も店もない町だが、私は普通の犬や猫がいればそれでいい。私はこの町がとても気にいっている。

私は奥さん

東京でタクシーに乗ると、「お客さん」と呼びかけられることが多い。しかし、地方でタクシーに乗ると、必ず、「奥さん」といわれる。つい五年程前までは「お嬢さん」と呼ばれていたのにである。四十歳も近くなって、お嬢さんと呼ばれたいと思うほうが図々《ずうずう》しいのだが、やはり複雑な気分になるものだ。独身の女性がたくさんいるし、そういう人たちがタクシーを利用する機会が多いから、運転手さんもむやみに「奥さん」を連発しないのだと思う。でも地方となると、私くらいの年齢だったらば、結婚しているのが当たり前だから、そういわれるのもやむをえないのである。

あるとき、「奥さん」と呼ばれたので、

「すみません、私、結婚してないんです」

といったらば、運転手さんがものすごく恐縮して、ハンドルを握りながら、あやまり続けたことがあった。彼にしてみたら、「とんでもないことをいってしまった」と気にしてくれたのだろうが、こちらも当惑して、

「どうも、すいません」「いいえ、どうも」

とお互いにぺこぺこと頭を下げ合ったりした。それ以来、私は奥さんと呼ばれても、それをいちいち訂正するのは、考えものだと悟った。むこうが奥さんだと思うのなら、タクシーに乗っている間は、いっそ、誰かの奥さんになったふりをしてみようと思ったのである。

ついこの間も、地方のホテルの前からタクシーに乗ったら、運転手さんが、

「奥さんはどこの人？」

と聞いてきた。「東京です」と答えると、

「それじゃ、だんなさんは？」

という。主人も同じだというと、いくつのとき、どこで知り合ったのかと、だんだんつっこんでくる。今さら、

「私、実は独身なんです」

ともいえないので、

「高校のときの同級生なんです」

とごまかした。人のよさそうな運転手さんは、私のそんな嘘《うそ》を疑いもせず、

「ああ、そうですか。わたしらは東京っていうと、悪い奴ばっかりがいると思ってますけど。高校生にでもなれば、東京は派手だし、みんな悪くなるんでしょ」

などという。そこで黙ってりゃいいのに、私がまた、

「そういう人もいましたけどね。うちのだんなはいい人ですよ」

などといったりして、ますます彼のつっこみを受けるはめになった。そして小一時間乗っている間に、私は、高校のときの同級生と二十三歳で結婚し、近所のスーパーマーケットにパートで勤めているものの、いまだ子供に恵まれないという主婦になっていたのである。

その帰りもタクシーに乗ったのだが、ここでも再び「奥さん」と呼びかけられた。そしてその運転手さんは、車を発進させるなり、

「奥さんの家の仏壇って、どんなの？」

と聞くではないか。びっくりして聞き返すと、

「ほら、仏壇のところにさ、家紋じゃないけど、模様がついているでしょう。どんなのですか」

などという。私の育った家には仏壇がなかったので、そんなことをいわれても全くわからない。

「さあ、うちに仏壇はないから……」

としどろもどろになって答えると、運転手さんは、

「本家に行って、見たことあるでしょう」

とどんどん仏壇関係でつっこんでくる。本家も分家もそんなこと全然わからないので、「わからない」を繰り返していたら、今度は、

「奥さんところは、何宗?」

という。これまたうちの親は宗教には全く関心がない家だったので、話題にのぼりもしなかったのである。

「知らないわ。主人ともそんな話をしたこともないし」

そういって汗だらけになってごまかした。そのとき私は、運転手さんが、はーっとため息をついたのがわかった。何て情けない嫁だと呆《あき》れ返ったに違いない。それが証拠に、そのため息を境にして、会話の内容がころりと変わり、突然、運転手さんが、

「うちのインコはピーちゃんっていうんです」

などといい出したからである。彼はきっと仏壇や仏教関係について、いいたいことが山ほどあったのだが、宗教に関しては大ボケ状態の私が乗っちゃったものだから、どうしようもなくなったのだろう。私も話を合わせて、「うちでもインコを飼っていた」とか、「だんなも動物が大好きだ」とかいっているうちに、ホテルに到着した。このタクシーでは私は、会社の同僚と結婚して相手は次男。結婚後も仕事を続けている兼業主婦となったのである。

お金を払うとき、私は運転手さんに、

「奥さん、大事なことだからね、仏壇のことはだんなさんによーく聞いておいたほうがいいよ」

といわれてしまった。

「そうですね、聞いておきます」

といってタクシーを降りた私は、考えが甘かったと痛感した。地方で「奥さん」になるには、それなりの知識が必要なのだ。特に冠婚葬祭関係はおさえておく必要がある。「にせ奥さん」になるのも楽ではない。下手な小細工をせずに、

「私は結婚していません」

ときっぱりというか、それとも適当に嘘を並べて、その場その場を凌《しの》いでいくか、私は今、悩んでいるのである。

『オオトリ・ヘプバーン』

今まで仕事をしてきて、書いたエッセイをあらためて読み返してみると、私はヘアスタイルについて書いていることが多い。ヘアスタイルはいちばん目立つ部分でもあり、無視できない部分である。男性でも女性でも、ヘアスタイルがその人の印象を左右してしまう。女性であればストレートのときと、ボリュームのあるパーマのかかった髪型では、正反対の性格にみえたりする。男性だって同じ顔面でも、パンチパーマと江口洋介《ようすけ》風の長髪では、会う人の態度が全く違う場合が、十分ありうるのだ。

人はそう簡単に体型が変えられない。顔だって、最近は美容整形がはやっているが、簡単に変更できるわけではない。ところが髪型は美容院にいって、高くても一万円程度で変身できる。今まで暗い感じに見えていた人が、ヘアスタイルを変えるだけで、撥剌《はつらつ》とした印象になるのも可能なのである。

とはいっても、ころころとヘアスタイルを変える人は少ない。特に私はそうだった。私は他人のことを、ああだこうだというくせに、他人からはつっこまれたくないという性格

である。町を歩いていて、

「なあに、あのおばさんの頭。赤茶色に染めて、頭の下半分が刈り上がっちゃって、まるで毒きのこみたいじゃないの。本人はかっこいいつもりなのかもしれないけど、やっぱり歳《とし》をとったら、品がほしいわよね」

などとぶつぶついってしまう。そして髪をふり乱したおばさんを見ると、

「もうちょっとかまえばいいのに」

と余計なおせっかいをやく。自分は世の中で、いちばん口うるさいんじゃないかと思っている。だいたいこういう人間は、突っつくときは威力を発揮するが、突っつかれるのに慣れていないから、すぐ、くにゃーっとなってしまう。もしも髪型を変えて、「なあに、その頭」などと笑われたら、立ち直れないくらいショックを受けると、自分がいちばんよくわかっている。だから髪型変更に興味は人一倍ありながら、躊躇《ちゅうちょ》してしまうのだ。

髪型の困ったところは、「理想と現実が大違い」になる点である。服は人が着ているのを見て、自分に似合うかそうでないか判断できる。もしも買ってみて似合わなかったら、着なければいい。しかし髪型はそうはいかない。気にいった雑誌の写真を切り抜いて美容院にいったとしても、すべてが終わったときに、

「どひゃーっ」

となる場合が多い。私も、こんなはずではなかったと、鏡の前で呆然《ぼうぜん》とした経験がある。

美容師さんは、

「いわれたとおりのスタイルにしましたけど……」

とおずおずといった。そのとおりだった。ヘアスタイルは私の持っていった写真の通りになっていた。しかしその髪型をしているのが、私の平たい顔だというのが、大きな間違いだったのである。

「写真を見たときに、どうしてモデルと顔が違うということに気がつかないんだ！」

私はいつも後悔する。ふだんは自分の顔がどういうものかわかっているはずなのに、気にいった髪型をした女性の写真を見たとたん、恐ろしいことにその美しい彼女の顔と、自分の顔が一体化する。それはモデルの山口小夜子《さよこ》であったり、娘みたいな年齢の若いお嬢さんモデルであってもだ。何て浅はかだったんだろうと、あきれかえったことは数知れないが、どういうわけだか、髪型を決めようと雑誌を見ると、いつも錯乱《さくらん》してしまうのだ。

髪型を変えるのは簡単である。しかし変えて失敗したときのことを考えると、リスクはあまりに大きい。失敗したらそれから最低ひと月は、嫌だと思う髪型を頭にくっつけて過ごさなければならなくなる。これがものすごく辛《つら》いのだ。誰しも「よしっ」と決意して、「どひゃーっ」となった経験があるはずだ。それでもころころと髪型を変える人がいるが、そのチャレンジ精神に私は感服せざるをえないのである。

私の友だちは、オードリー・ヘプバーンが亡《な》くなったときに、「ローマの休日」のビデオを見直して感動し、翌日、美容院にいって、「彼女と同じ髪型にしてください」と頼んだ。オードリーが演じた王女と同じ髪型に仕上がった。彼女も満足する出来であった。ところが会社にいくと、同僚に、

「その髪型、鳳 啓助《おおとりけいすけ》に似てるね」

といわれた。あわててオードリー・ヘプバーンのつもりだと抵抗したのにもかかわらず、彼女は同僚に「オオトリ・ヘプバーン」と呼ばれ続けた。以前も彼女は、パーマをかけた直後、グレーのパンツをはいてタクシー乗り場に立っていたら、品のいい老人に、

「立花隆《たちばなたかし》さんですか」

と声をかけられた経験があり、髪型については語りたくないと、暗い顔をしたのである。

別の主婦の友だちは、パーマがかかりすぎてちりちりになった。照れ隠しに「松鶴家千《しょかくやち》とせみたいでしょ」と夫にいったら、

「いや、その頭は天龍源一郎《てんりゅうげんいちろう》だ」

と切り返された。彼は彼女の髪型がいたく気にいったらしく、それから彼女のことを「天龍」と呼ぶようになり、彼女がゴミ出しのときに、ふと玄関の表札を見たら、彼の字で、「松鶴家天龍」とマジックで書いた紙まで貼《は》られていたという。そんな話を聞くと、ヘアスタイルを変えて、気分を一新しようとする私の気持ちは萎《な》える。いつもは人のこと

を突っついて喜んでいる私であるが、ヘアスタイルに関しては、日本一の小心者になってしまうのだ。

すっぽんぽん

ふだんはそんなことはないが、どうして女に生まれたんだろうと、ぐちをいいたくなるのが夏場である。今、住んでいるところには、もともとクーラーがついていたが、私は、ずっとクーラーのない生活を続けていたので、来客があるとき以外は、クーラーを使わない。だから、夏は汗だらだらである。日に何度もシャワーをあびて、着替えるようにはしているが、やっぱり暑いものは暑い。クーラーをきかせた室内にいるのはよくないけれど、クーラーなしで汗だらだらも、続くと結構きついのだ。そんなとき、男性の格好を見ると、

「どうして奴等《やつら》はあんな格好が許されるのだ」

と、むしょうに腹が立ってくる。上半身裸で短パン。それでひょこひょこと近所を出歩いていたりする。その話を男性にしたら、

「女性がそんな格好で出歩いても、僕らはいっこうにかまいませんけどね」

といって、にたっと笑ったが、トップレスが許される海岸じゃあるまいし、ましてや腹と乳の区別すら難しくなりつつある私の体では、世の中に迷惑をかけるのは間違いない。

外国のアニメーションで、外から帰ってきたカメが、ジッパーを開けて甲羅《こうら》を脱ぎ、ハンガーにかけて、中身だけになってくつろぐシーンを見たことがあるが、このカメみたいに、私の体を作っている肉襦袢《じゅばん》を脱いで、骨になって涼みたいと思うのである。

私はひとり者だから、外に出ない限り、ひどい格好をしていても見る人はいないが、結婚している友だちに、夏場はどうしているのかと聞いた。彼女はだいたい夏場、家のなかにいるときは、タンクトップに短パンだという。まあ、これが女性の脱ぐ限界である。一方、彼のほうはといえば、会社から家に帰ったとたんに、すっぽんぽんになるというのだ。

「えっ、御飯を食べるときも」

「そう、まっぱだかなの」

「何か変じゃなあい」

「そうねえ、でも座っているから下半身は見えないし。別にいまさら見えたって、どうってことないもん」

永年夫婦をやっていると、夫がまっぱだかでうろちょろしても、平気らしい。難点といったら、何か事が起きたときに、すぐ行動できないことだけだ。彼女たちはマンションの一階に住んでいるのだが、ある夜、どうも人がいる気配がする。不審に思った彼女がよくよくみると、ひとりの男が部屋をのぞきこんでいた。

「早くつかまえて！」

と彼にいったのはいいが、すっぽんぽんの彼は、

「えっ、えっ、急にそんなことといわれたって……」

といいながらパンツを股間《こかん》にあてがって、おろおろしている。

「何やってんのよ」

彼女にせかされてあわてた彼は、パンツをはきそこなって転び、のぞき男には逃げられるわ、股間を打つわでさんざんだった。

「それでも、すっぽんぽんはやめてないよ」

そんな経験をしても、すっぽんぽんでいるなんて、懲《こ》りない亭主である。

私とそう歳《とし》の違わない、一緒に住んでいる姉妹の話も聞いてみた。彼女たちは神経痛の持病があるために、クーラーを取りつけていない。だから夏場の格好はすさまじいそうである。相手が男性だったらまだ恥じらいもあるが、姉妹でましてや中年となると、「恥じらい」などということばは、どこかにぶっとんでしまう。ふつう着用しているのはタンクトップであるが、耐えきれないくらいに暑いときは、それを乳の下までめくり上げる。胃拡張でふくれた腹も丸だしである。下半身はふつうは短パンであるが、同じく耐えきれない暑さになると脱ぎ捨てる。姉妹でパンツ丸だしになり、「あじー」といいながら、体中から湯気を吹き出しているのだ。

そんな格好をしていても、誰にも見つからなければまだいい。問題は突然の訪問者が来

たときである。セールスマンならば無視できるが、宅配便となったらそうはいかず、どうしてもドアを開けなければならない。彼女たちがそんな格好ででれでれしているときに、宅配便が届くと大騒動になる。

「きゃー、大変。ちょっと、あんた、出なさいよ」

「やだー、おねえちゃんのほうが、まだましだよ」

「何いってんの。下はパンツしかはいてないよ」

などと喧嘩《けんか》をしているうちに、宅配便の業者は去っていく。そんなことを何度もやらかした。

これはまずいと気がついた姉妹は、ある方法を思いついた。夏場は玄関に頭から着られるような、ぶかぶかのワンピースを置いておく。ポケットには印鑑をいれる。これで完璧《かんぺき》だといって、彼女たちは胸を張った。目を覆《おお》うばかりのひどい格好をしていようと、チャイムがなったとたん、「はあい」と返事をしつつ、玄関先でするっとぶかぶかワンピースを着る。そしてポケットから印鑑を出して、何食わぬ顔をしてドアを開けると、完璧なのだ。

彼女たちは、この方法をとれば、どんな格好をしていても平気だという。夏場、私みたいにクーラーをつけたくない女性たちが、室内でどんな格好をしているのかと、想像していたが、あまりのすさまじい話に、びっくりした。暑さをしのぐには、もう男も女もない。

中年男性のすっぽんぽんもあんまりだが、中年女性が乳丸だしで部屋のなかをうろうろしている姿を想像すると、それだけで体温が五度上がりそうな気がしてくるのである。

方向オンチ

ついこの間、雑誌の仕事で、作家の原田宗典《むねのり》氏との対談のために、私よりもひとまわり年下の、担当編集者の女性のツルタさん（仮名）と、男性のカメヤマくん（仮名）の二人と、山梨の小淵沢《こぶちさわ》にいってきた。私はひどい方向オンチなのだが、同行者がいると心強い。場所は「リゾナーレ小淵沢」という、駅から近い新しいホテルで、建物も美しく、私たちは百四十平方メートルのスイートルームに通されて、有頂天になった。家具はカッシーナで統一され、椅子《いす》は革張り。ポットは象印だったが、バカラのグラスにジノリのティーカップと、すべてが豪勢だったのである。対談も終わり、私たちは、

「いい所だねえ」

といいながら、ホテルの中を探検し、帰りは原田氏が車で駅まで送ってくれた。

「ああ、今日は本当にいい日だったわねえ」

私はツルタさん、カメヤマくんと、ほっとしてホームのベンチに座っていた。電車がくるまで八分ほどあったので、カメヤマくんがカメラやテープレコーダーをいれた大きなバ

ッグを置いたまま、電話をかけにいった。間もなく私とツルタさんの前に、電車がすべりこんできた。

「あっ、きた、きた」

ツルタさんがカメヤマくんの荷物を持って、先に電車に乗り込んだのだが、おじいさん二人が私たちの席に堂々と座っている。

「何よ、あの人たち。ずうずうしいわねえ」

彼らの背後で、こそこそ話していると、突然、電車は発車した。びっくりして時計を見ると、私たちが乗る電車よりも三分早い。呆然《ぼうぜん》とした私たちがふっと車内の表示板を見ると、そこには何と「松本行き」の文字。私たちは何も疑わず、逆方向の電車に、おまけに人の荷物まで持って、乗ってしまったのだった。

あわてて車掌さんに相談したら、「ありゃりゃー」と驚かれた。しかし彼らはとても親切に、上りの電車に乗り換えできる方法を教えてくれた。

「次の次の駅で降りて、ホームの階段を上って左に行くんだよ。いいかい、左っていうのは、こっち側だからね」

と右、左まで教えてくれる。私たちは頭をぺこぺこ下げながら、途中下車して無事、上りの電車に乗り換えられた。そこでも指定席券を見せて、乗り間違えた旨《むね》を車掌さんに話すと、苦笑いをしながら「これっ」と頭を軽く叩《たた》かれた。もう一人の車掌さんにも、「恥ずかしー」といわれ、本当に私たちはトホホホ状態だったのである。

車掌さんの配慮で、無事座席にも座ることができ、ほっとして、次に頭に浮かんだのは、小淵沢駅で置き去りにしたカメヤマくんのことである。

「大丈夫ですよ。私は彼が切符をシャツのポケットに入れたのを見てましたから」

ツルタさんはそういうのだが、私は不安でたまらない。

「まさか、小淵沢駅でわんわん泣いているなんてことはないよね」

「あいつだって、アホじゃないですからね。何かあったと気がついて、ちゃんと電車に乗ってると思いますよ。でも、坊っちゃん育ちですから……。あり得るかもしれません」

もうすぐ彼を置き去りにした小淵沢駅に着こうとしていた。彼女は電車が駅に停車すると、ドアから身を乗りだし、ものすごい大声で、

「カメヤマー！　カメヤマーはいないかあ！」

と怒鳴って、ホームにいる善良な人々をびびらせていた。

カメヤマくんの姿はホームになかった。

「きっと先に行ってますよ」

彼女は自信まんまんにそういって、新宿に着いてももし彼がいなくても、探さないでそのまま会社に戻るという。

「えっ、じゃあ、カメヤマくんは？」

「いいんです。私たちが無事に新宿に着けば。カメラもテープも持っているし」

カメヤマくんのその後など、気にもとめていないようであった。私もだんだんそんな気になってきて、新宿までの道程は、「どひゃひゃひゃ」と大笑いしながら過ごした。

私たちは車掌さんに「これっ」と頭を叩かれたが、もしかしてそれは、私たちを実年齢よりも若くみたからではないかと話した。ふつう四十歳近い年増《としま》女と、三十歳近い既婚の女が、「上りと下りと間違えた」などといっても、「ふん」と相手にしてもらえない可能性が大である。いい歳《とし》をして情けないと呆《あき》れられるのが当たり前である。ましてや、ふざけて頭を叩くことなどしないだろう。しかし車掌さんたちは親切に右、左まで教えてくれた。これは私たちが女子大生か若いＯＬに見えたからに違いないと、二人で大喜びしたのであった。

予定より三十分遅れで新宿に着くと、ホームに体ひとつで呆然と立ちつくし、うつろな目をしたカメヤマくんの姿があった。彼が小淵沢駅で、電話をかけ終わって戻ってきた、三、四分の間に、私たちだけではなく、荷物までも忽然《こつぜん》と姿を消したのを目の当たりにして、どんなにびっくりしたかを想像すると、おかしくておかしくて涙が出た。ところが、三人でひとしきり笑ったあと、ツルタさんが、ぽつりと、

「私も方向オンチなんです」

というではないか。彼女は私の方向オンチぶりを知りすぎるくらい知っている。今まで

私がドジをふんだ話を、彼女は何度も大笑いをして聞いていた。その彼女が同類だったとは……。私はこの一件で、方向オンチが二人いると、お互いに助け合うどころか、脳の働きが百倍鈍くなるということがわかったのである。

旅のパンツ

私は出不精で、旅に出るとなると、どんな場所でも、

「面倒くさいなあ」

と思う。国内でもそうなのだから、海外となるとなおさらだ。今年の夏、友だちと、香港《ホンコン》、マカオに行くことが決まると、楽しみで胸はわくわくする反面、家から成田までいって、そこからまた飛行機に乗って、などと道中を思い描いて、どうして外国は中央線沿線にないんだろうかと、悩む始末である。

そんな私でも、旅行の準備をするのだけは苦痛ではない。特にどんなものを持っていくか、あれこれ考えるのは好きなのだ。私のモットーは「常に荷物は最少に」である。そうじゃないと身軽に行動ができない。旅行となると、

「どこからこんな大荷物を持ってきたんだ」

といいたくなるような女性がいる。目的地に行く前から息切れしている。おまけにそういう人は、おみやげを山のように買うので、旅行をしているというよりも、荷物を運んで

いるみたいになっているのだ。

そうならないために、私はひと月前から、荷物のリストを作って、綿密に計画を練った。三泊四日なのでそれほど荷物は多くならないが、減らせるものは極力減らしたい。ところがリストをにらんだ結果、減らせるのは下着だけだったのである。もちろんノーパンでいくわけではない。着替えた下着を持って帰るのが、無駄だと思ったのである。それに海外旅行だと荷物検査もある。私はこれまで検査を受けたことはないが、今回もそうだとは限らない。洗濯が必要なパンツが入っている荷物を、見せなきゃならないのは、ものすごく恥ずかしい。そこで私は、旅行用の使い捨て紙パンツを購入することにしたのである。

トラベル用品売り場には、女性用、男性用、シャツなど、たくさんの紙下着製品があった。まだ私が学生のころ、知り合いのおばさんが、

「うちのパパが旅行に行ったときに、紙パンツをはいて、おならをしたら破れちゃったのよ」

といったのを聞いたし、友だちがヨーロッパに行ったときに、紙パンツをはいた感想を、

「どうしてだかわかんないけど、はいているうちに片方に寄ってきちゃって、なんだか妙なのよ」

ともらしたこともあった。しかしあれから十何年もたっているのだから、品質も改善されただろうと、私は女性用のパンツを試しに買ってきたのだった。

家に帰ってはいてみると、入るには入ったが、いわゆるビキニパンツというサイズで、何とも不安定な感じがする。あれは女性の体に悪いという話を聞いてから、私はふだんはウエストまであるパンツをはいている。いくら旅行とはいえ、はきにくいものをはくのは嫌だ。しかしサイズはひとつしかない。そのときふっと頭に浮かんだのは、女性用のパンツのとなりに置いてあった、男性用のブリーフである。あれだったらちゃんとウエストまでくるし、下腹にゴムがくいこむこともないはずなのだ。

次の日、男性用の紙ブリーフを買いにいった。白いシンプルな物である。家に帰って試しにはいてみたら、サイズは申し分ない。が、ふと横に置いてある鏡に自分の姿を映してみたら、ものすごく間抜けだった。マドンナやスーパーモデルが、ブリーフをはいてステージに立ったという話を週刊誌で読んだが、鏡の前にいるのは、百五十センチそこそこの中年女。おまけに男性用の紙のブリーフをはいて、うつろな目をしている。我ながら、

「何じゃ、こりゃ」

といいたくなるような、とんでもなく妙ちくりんな格好だったのである。

私は冷静に考えた。別に温泉旅行ではないので、旅の同行者にパンツを見せる可能性は全くない。

「わかるわけないから、そのパンツでいいよ」

という声が聞こえる。ところが次には、

「もし、何かあったらどうするんだ。すごーくみっともないぞ」

という声もどこかから聞こえてきた。旅行中、全く何もないとは限らない。自分が気をつけていたって、交通事故にまきこまれることだってある。救急車で病院に運び、さあ治療をと服を脱がせて、私がへそまである紙のブリーフをはいていたとなったら、異国の医者や看護婦はどんなに仰天するだろう。

「コノヒト、トッテーモ、ヘンデス」

などといわれて、治療を拒否されるかもしれない。旅行中は何が起こるかわからない。当然、こういう事故に遭う可能性だって捨てきれないのだ。

私はブリーフをはいたまま、腕組みをして悩んだ。ほとんど重さがない紙のパンツは、本当に旅行には重宝するものだ。が、私はあのビキニパンツには耐えられない。心情的には紙のブリーフをはいてやろうかと思っていたのだが、それもとりやめることにした。で、結局、捨てる寸前のパンツを持っていき、ホテルで脱ぎ捨てていくという方式をとった。しかしこれも紙のブリーフよりは、恥ずかしくはないものの、スリルとサスペンスに満ちていた。人目にさらされた場合、女性としてみっともないという評価を受けるには十分な、よれよれの廃棄寸前のパンツばかりだったからだ。

「でも、そういう目に遭わなければいいんだ」

私は旅行中、緊張していた。半日、軽い脱水症状を起こして、ぼーっとしていたものの、他は何ごともなく無事に過ごせた。きっとそれには、「このパンツを見せてはならじ」という、強い決意も影響していたのではないかと、思っているのである。

家を買ってはみたけれど……

最近、知り合いで家を買う人が多いのだが、私は家を持つことには関心がない。どかーんと何十億円も持っていたら、建てたい家はあるが、そんな金などどこをどうやっても出てくるわけはないので、全く現実性がないのである。

「買えるように、一所懸命に働けばいいじゃないですか」

そういう人もいるが、一所懸命働いても、税金ばっかりとられるので、働かないことに決めたのだ。来年までは約束した連載と書き下ろしの仕事があるので、働かなくてはいけないのだけれど、さ来年の一九九五年になったら、晴れて私は怠《なま》け者生活に突入する。物書きになって十年、ろくに休みもとらず、仕事をしてきた。私が会社をやめたのは、働きたくないからであって、今みたいな生活を送るためではなかったんである。それを思いだすと、

「ききーっ」

といいながら、頭をかきむしりたくなるのだ。

こんな性格の私が、何十年ものローンを組むなんて、気が遠くなる。私は基本的に手持ちのキャッシュで買えるものしか買わない主義である。しかし家はそういうわけにはいかない。とにかく銀行も大嫌いだし、私は成金おやじが愛人にダイヤの指輪を買ってやるみたいに、

「ん？　なんだ、金か？　よしよし、払ったろ」

とふところから札束を出すような、物の買いかたしかできない。自分が返せるかどうかわからない、借金を背負うのはとにかく嫌なのだ。

高校の友だちに、一年半前、やっとの思いで一戸建てを購入した人がいる。入居直後、電話をしたのだが、どうも彼女の様子がおかしい。

「家自体には何の問題もないんだけどねえ……」

と歯切れが悪い。どうしたのかと聞いてみたら、家は思いどおりに建ったのだが、家の周辺が思いどおりではなかったというのである。彼女の家はたしか静かな住宅地にあり、騒音で悩まされるわけもない。

「静かでいいところなんでしょう」

とたずねると、彼女は一瞬黙り、そして小声で、

「うちの電話、盗聴されているかもしれない」

などといいだす。「こりゃ、環境が変わって、どうにかなっちゃったのかな」とびっく

りして、話を続けてみたのだが、彼女自身には問題はないようで、ひとまずほっとしたのである。

彼女は引っ越しのとき、両隣の家と向かいの家に挨拶《あいさつ》にいった。それで十分だと思ったからだ。ところがある朝、仕事に行くために家を出たら、ゴミを出していた隣の奥さんに、

「あなた、高慢ちきだって、噂《うわさ》が出てるわよ」

といわれたという。顔見知りの人とは挨拶するし、勤めているため、日中は家にいないのだから、近所の人と顔を合わせることもない。

「本当に私なの」

と聞いたら、隣の奥さんは、

「うん、あなたの名前だった」

という。彼女は、

「気にすることはないわよ」

と慰めてくれたのだが、友だちは、

「それじゃ私が、家から駅に着くまで、会った人全員に、『おはようございます』って明るく挨拶をすれば、高慢ちきだっていわれないのかしら。きっと、挨拶にいかなかった家の人が、とやかくいってるのよ。そうに違いないわ」

挨拶まわりのタオルがそんなに欲しいんだったら、自分で買え！　と、彼女は心底、怒

っていたのである。

ところが問題はそれだけではなかった。ある夜、会社から帰ってきて、玄関の前を見ると、木の葉が三枚、等間隔できちんと横に並べられている。近所の子供が遊んでいたのかなと思ったのだが、そんな気配はなく、ただ木の葉が三枚だけ置かれている。風が吹いたにしても、葉っぱ三枚がきちんと並ぶわけがない。そのときは、

「子供が気紛《きまぐ》れで、置いただけかもしれない」

と気にもとめずに木の葉を掃除しておいた。ところが次の朝、会社に行こうとドアを開けると、また木の葉が三枚並べられている。また、子供がいたずらしたと、彼女は靴の先で木の葉を蹴散《けち》らした。そしてその夜、会社から戻ってくると、また木の葉が三枚、玄関先にきちんと並べられていたというのである。

さすがの彼女も、これは変だと思った。人を呪《のろ》う道具として、わら人形と五寸釘《くぎ》は有名だが、

「もしかしたら、木の葉三枚っていうのも、地方によってはあるのかもしれない」

とおびえてご主人に相談してみたが、彼は笑ってとりあわない。それからも玄関先の「木の葉三枚攻撃」は続いた。ドアを開けると木の葉が三枚。葉っぱの先が家のほうをむく、その置き方もずっと同じなのだ。彼女が気味悪がって警察に電話をしても、

「被害が何かないとねえ。木の葉三枚が玄関に並んでいるだけなんでしょ」

ととりあってくれないのである。

いつか終わるだろうと思っていたのに、未《いま》だに、毎日、「木の葉三枚攻撃」は続いている。二十五年ものローンを組んで、せっせと働いて返済しているというのに、そのうえこんな妙なことが起こるなんて、すごーく悲しい。おまけに嫌だからといって、賃貸みたいにほいほいと引っ越せないのも、これまた悲しいではないか。私は、家を買おうと張り切っている人がいると、

「そんなにいいもんじゃないらしいよ」

とこの話をして、相手をびびらせているのである。

への三番

十年以上前のことになるが、ＯＬをしていた私の友だちは、みんな休暇を利用して、海外旅行に行っていた。あるとき、海外旅行から帰ってきたばかりの、そのうちの一人の家に遊びにいくと、彼女は私にその国の特産品である手工芸品などを買ってきてくれていた。

「私はね、こんなものを買ったのよ」

シャネルのバッグや財布が、ごろごろ出てきた。

「わあ、すごいねえ」

と手にとると、彼女は、

「これ、みんな偽物《にせもの》よ」

といった。当時、シャネルの本物なんぞ、見たことがなかった私は、そういえば縫い目がちょっと雑かな、とは思ったが、ちゃんとＣのマークがついている、にせシャネルの数々を見て感心した。

「自分が偽物だとわかって持っていればいいのよ」

彼女は堂々と言い放ち、バッグを持ってご機嫌だった。

実はそのちょっと前、私の母は「いいベルトを買った」と、いばって私に見せた。黒いベルトの金色のバックルは、Gという文字の横に、馬車をひいた馬が走っているデザインだった。ベルトを調べてみると、裏に「グッチーヌ」と書いてある。「何だ、こりゃ」といった私に、母は、このマークは、とてもいいブランドのだと、売っていたおじさんがいったと譲らない。これはグッチとセリーヌを合体させた偽物で、よくもこんなものを買ってきたと、私は母を非難した。彼女はもったいないといいつつ、何回かその珍妙なベルトをしていたのであるが、そのときほど私は、我が母を情けないと思ったことはなかったのである。

それからブランド品の偽物が、うるさくいわれるようになり、みんなも見る目が肥えてきた。だまされて買う人は少なくなってきたのだが、なかにはそうではない人がいるということを、私はつい先日、知ってしまった。

かつて熱にうかされたように海外旅行に行っていた友だちのうち、いまだに暇さえあれば、買い物をしまくっている女性がいる。年に二回の海外旅行が彼女の楽しみなのだが、ここ十何年の間、化粧品や香水を日本で買ったことはないという。出発前に彼女は、買い物リストを作成する。化粧品、衣類、文房具、時計、バッグ、靴など、総数、何十点にも及ぶのだ。最初は自分のものばかりだったけれど、後輩も増え、先輩としては彼らにおみやげのひとつも買っていかなければならない。しかし一人一人に金額の張るものを買うのも問題がある。そこで彼女は、本物風に作ってある偽物の時計をおみやげとして購入し、後輩たちに配ることにしたのであった。

　本物はきちんとした箱に入れられ、保証書もついているが、偽物はただのナイロン製の袋につっこまれている。同僚の目もあるから、彼女は一人ずつ、わからないように、

「はい、おみやげ」

と配って歩いた。若い人は偽物なのにもかかわらず、デザインがかわいいと、国産の本物のいい時計をはずして、喜んではめてくれた。そのなかでただ一人、様子の違う男の子がいた。仮にドド山くんとしておこう。みんなが無邪気に喜ぶなか、彼はものすごく恐縮していた。つつっと彼女の前に歩み寄って、深々と頭を下げ、

「こんないい物をいただき、本当にありがとうございました。今度、必ずお返しをさせて下さい」

　と真顔でいうのだ。彼女が、

「あーら、その時計、まだ動いていたの」

　と笑うと、

「とんでもない。僕は今までこんないい時計を持ったことなんかありません」

と感激していたというのである。ドド山くんはブランドが好きで、目が肥えていると思

った彼女は、偽物のなかでいちばん本物に近いものを彼にあげた。しかしプラスチックが一部に使われていたり、ベルトがちゃちだったりして、ひと目見たら、変だと思えるような代物《しろもの》である。

「もしも、時計がとまったら、日本の代理店に持っていけばいいんでしょうか」

彼に聞かれて、彼女は内心、どひゃーっとなった。

「あ、ああ、それは、とまったら、その……、捨てればいいのよ」

そういっても、彼は、

「そんなもったいないことなど、できません！」

ときっぱりいいきるのだった。

彼女は時計がとまったときを想像した。ドド山くんは代理店に持っていって、直してくれと頼む。相手はひと目で偽物とわかるから、

「こんな『への三番』などという製造番号はありません」

と、事情聴取をされるかもしれない。彼が酔っぱらって時計をなくしてくれればいちばんいいのだが、人がいい彼は彼女のことを考え、あせりまくって、本物を買ってしまうかもしれない。そうなったらまさに、モーパッサンの「首かざり」状態ではないか。

「この間、後輩と飲みにいったとき、他の子にあげた時計にむかってわざと、『本当によくできてるよね』っていったんだけど、彼はその子に時計を見せて、『ぼくのは本物だぞ

ー』って自慢してるの。どうしよう」

彼女はこのところ落ち込んでいる。

「目を覚ませ！　ドド山！」

話を聞いて、私はそういいたくなった。偽物を買ったほうが悪いのか、それとも偽物を見破れなかったほうが悪いのか。あれこれ考えてみたのであるが、まあ、どっちもどっちじゃないかという気がしているのである。

サインはV

つい先日、新年会で友だちの家に集まった。私は仕事関係の会食を終えて、かけつけたのだが、車の中から、

「今からいくから」

と電話した私の耳にとびこんできたのは、

「どっひゃっひゃあ」

という男女のすさまじい笑い声で、私は現場の騒ぎを想像して、このまま家に帰ってしまおうかとびびったくらいであった。

現場についたら、案の定、みんなは炬燵《こたつ》に固まって、すでに出来上がっていた。女性は私を含めて三人、男性も私たちと同じく、二十代、三十代といった年代の三人が集まっていた。私が来る前は一同でゲームをして、負けた人が酒を一杯飲むという、とんでもないことをしていたそうで、私はその場にいあわせなかったのを、心底、幸せに思った。

そのなかに二十代の若い女性がいた。美人で性格も頭もいいのだが、中身は男である。

彼女はその日の朝、とても早起きしたそうで、私が到着した直後から、

「もう、このまま寝ちゃいそうだわ」

といいながら体が揺れていた。

「眠りたければ寝ればいいよ」

と家の主《あるじ》である女性がいったとたん、彼女はごろりと体を横にして、そのまま気持ちよさそうに寝はじめたのだった。

私たちは眠っている彼女を放ったらかして、何の役にも立たないけど、面白い話に花を咲かせていた。そのうち、寝ていた彼女が、

「うーん」

とうなって寝返りをうった。

「こんなにうるさいのに、よく寝られるわねえ」

とあきれて見ていると、何と炬燵から片脚を出し、どーんと炬燵板の上に左脚を投げ出した。

「あらあら」

彼女はミニスカートをはいていたので、私と家の主はあわてて、炬燵布団《ぶとん》をかけ直し、脚を炬燵のなかに押し込んだ。男性たちはあっけにとられていた。女ばかりだったらまだしも、いちおう男性もいることだし、年上の私たちはちょっとあせった。

「まあ、寝相が悪いわねえ……」

といいながら、今、目撃した光景は、なかったことにしてもらおうと、私たちは別の噂《うわさ》話を持ちだし、男性の関心をそちらに向けようとしたのであった。

策略は功を奏し、噂話でまた私たちは盛り上がった。私自身も彼女が脚を投げだしたことなど忘れかけたころ、また彼女がもぞもぞと動きだした。そして、今度は、

「うーん」

とうなりながら、両脚を炬燵から出して、何と一同の目の前で、ばっくりと股《また》を開いてしまったのである。

「わあーっ」

悲鳴をあげたのは、私たちではなく、男性三人であった。どんな女性であってもその人が若くて、下着がちらっと見えたりすれば、男性だったら、

「ふふっ、ラッキー」

と思うのではないだろうか。今回はそんな生やさしいものではない。いくら寝相が悪いとはいえ、こんな姿はないだろうといいたくなるくらい、空中で脚が「サインはV」状態になっていたのである。

ところがその場に居合わせた男性たちは、にたっとするどころか、顔をしかめて「わあーっ」と叫びながら、彼女の股に座布団で蓋《ふた》をしようと懸命になっていた。むかいに座っ

ていた男性は、すさまじい勢いで、自分が尻《しり》に敷いていた座布団を、彼女の股めがけて投げた。しかし彼女は眠ったまま、その座布団を片っぱしから蹴《け》り飛ばすのだ。

男性が肩をゆすって起こそうとしても、彼女は熟睡していて起きる気配などない。きっと暑いのだろうと、彼女を炬燵からひきずりだし、下半身には重しのつもりで座布団を乗せた。一同、ほっとしたとたん、家の主が、

「あの子、パンツをはいててよかったわあ」

とつぶやいた。けっこうまともなパンツだったので、私も安心した。こんなときに紫色のレースみたいな派手なのをはいていたら、目もあてられない。

彼女はそれからおとなしく寝ていた。

「きっと暑かったから、布団を剝《は》ごうとしたんだね」

などといっていたとたん、その声を待っていたかのように彼女は動きだし、またまた股をばっくりと開いてしまったのである。今度は畳の上に寝ているために、

「見て、見て」

といわんばかりだ。

「ひえーっ」

また男性たちが悲鳴をあげながら、座布団で股に蓋をしようとしたが、彼女は脚をばたばたさせてそれに抵抗する。

「なんでもいいから、早く隠そうよー」

一同は部屋の中にあるものを、手当たり次第に彼女の股隠しに使った。ある者はズボンプレッサーを股に立てかけようとし、ある者は床の間に置いてあった、左右が三十センチくらいの、飾り物のミニ和太鼓で彼女の股に蓋をした。しばらく和太鼓は彼女の脚の間にはさまっていたが、そのうちごろごろと腹のほうに転がっていった。

あまりの状況に私たちはばかばかしくなり、もう彼女の股に蓋をする気力も失《う》せ、その場にへたりこんで大笑いした。

「これが初笑いなんて……」

といいながら、私たちは涙を流した。そしてそんななかでも彼女は、腹にミニ和太鼓を乗せたまま、「サインはV」状態をずっと続けていたのであった。

はじめてのファミコン

私はこれまで、ファミコンには興味がなかった。スーパーマリオの何面までいったか、などといった話を聞いても、ちんぷんかんぷんだった。ドラゴンクエストを買うために、長蛇の列ができたり、買った人を待ちぶせして強奪する者が現れたり、

「いったい、あれは何なのだ」

と半分あきれていたのだ。

私が最初にファミコンに触ったのは、ある雑誌の編集部でである。まだファクスが家になくて、夜、原稿を届けにいくと、編集者がやっていた。私が背後で、

「ふーん、これがファミコンというものか」

と眺めていたら、やってみないかといわれた。そのソフトの名前は忘れたが、迷路がで きていてそこで爆弾が爆発する。するとムンクの叫びみたいな人が、キャッという感じで消えていくのであった。ちょっとやってみたが、画面のムンクの叫びみたいな人は、次々と爆弾で討ち死にし、あっという間に終わってしまった。

「つまんない」

これが私の感想であった。こんなもので、徹夜をする人がいるなんて、信じられないと思っていたわけである。

それにもかかわらず、ファミコンゲームの人気は上がるばかりである。つまんないといったにもかかわらず、あまりに人気が衰えないので、私は、

「もしかしたら、本当は面白いのかもしれない」

と考え直し、これはまじめに取り組む必要があると考えた。これが昨年末のことだ。たまたま商店街のおもちゃ屋に、「スーパーファミコン、大安売り」という貼《は》り紙がしてあるのを見て、私は買う予定もなかったのに、よろよろと子供であふれかえっている店内に入り、スーパーファミコンと、ソフトを買ってしまったのだった。

ソフトはテトリスにした。ストーリーがあるゲームは、私には向かないような気がしたからである。家に帰ってテレビに接続し、テトリスをやってみた。四個の四角形で構成された図形が、上から次々に落ちてくるのを、下に着く前に回転、移動させて、図形が横一列にきれいに並ぶと、列が消える。列が消えれば消えるほど得点が高くなるという単純なゲームである。しかしやってみたら、これがやたらと難しい。とにかく手にしているコントローラーが、ちゃんと扱えないから、図形がくるくると回ったあと、とんでもないところに、ひょいっとくっついたりする。

「あーあーあー」

とあせっていると、次の図形がもう降りてきている。また、

「あーあーあー」

といいながらコントローラーを動かしていると、手元がすべって、またとんでもないことになってしまう。一か所でも空間ができると、その列は消えない。これを繰り返しているうちに、図形はどんどんと積み上がり、間抜けな音楽と共にゲームは終わってしまうのである。ところが、ゲームが終わったとき、すぐ「ゲームを続けるか、否《いな》か」の表示が出る。これが曲者《くせもの》なのだった。

こんな単純なゲームで、うまくいかないのはとても悔しい。私はもともと競争心や闘争心というものが欠如している。まったくないといってもいいくらいである。ところがゲームをやると、

「こんな情けない終わり方のままで、いいのか」

という気になってくるのが不思議だ。当然、ゲームを再び一からはじめる。そして、今度は高い得点を取ろうと懸命になるのだった。

いちばん最初、私はテトリスを一時間半やった。あっという間に時間は過ぎた。スイッチを切ったとたん、私は顔の下半分が痛いのに気がついた。あまりに必死になってやっていたので、奥歯をぐっとかみしめていたらしく、顎《あご》ががくがくになっている。おまけに肩

も凝り、近来、こんなに疲れたことがないくらいに、ぐったりしてしまったのである。その日はそれでやめにして、翌日、またテトリスをやった。ささやかながら、やるたびにうまくなっていくのがうれしい。昨日は奥歯をかみしめて顎が痛くなったので、今日はそうならないように、口を半開きにしてやってみた。ふと部屋の鏡に目をやると、そこに映っていたのは、中年女の間抜けづらだったが、それでもやめられない。もうちょっと、もうちょっと、と欲が出てくるのだ。

図形を一列に並べるためには、落ちてきて欲しい図形がある。ところがそれを見透かすように、それ以外の図形ばっかり落ちてきたりする。「何て意地悪なんだ」と思う反面、あるときは、欲しい図形ばかりが落ちてくる。そんなときは、「優しいなあ」とうれしくなる。また、もう絶対だめだと思うような事態でも、図形をうまく組み合わせることによって、徐々に好転する。そんなときは、思わず、「人生とおんなじだあ」とつぶやきたくなるのである。

そんなわけで一月中は、ずっとファミコンをやっていたのだが、今、ゲーム一式は押し入れに隠されている。ついついファミコンを二時間も三時間もやってしまうと、あとの疲労がすさまじい。まさに精気を吸いとられるという感じがする。テレビから二メートル以上、離れてやっているが、眼精疲労を抱えている私には、むいていないのかもしれない。押し入れの奥深くにしまいこんだときは、寂しい気持ちになったが、今は何とも感じなくなった。時折、やってみたくなるけれど、短い時間でやめられる自信がないのでやらない。もしかしたら私のファミコン経験は短期決戦型で、このままファミコンを手にすることなく、終わってしまうかもしれないと、考えたりしている。

酒には弱い?!

私は全くといっていいほど、酒が飲めないのだが、最近はほんの少しだけ飲んでみることがある。酒を飲んでいる人がいると、横取りしてひと口だけ飲む。この間も友だちがフローズン・マルガリータという物を作ってくれて、ひと口飲んでみたら、なかなかおいしい。

「これはおいしいね」

といってもうひと口飲もうとしたら、一緒にいた人に、

「これ、テキーラが入っているから、あまり飲まないほうがいいよ」

といわれた。そこではじめて、

「そんな強い酒が入っていたのか」

と気がつくくらいであった。

とにかく酒にも弱いが、知識もないので、口当たりがいいと、アルコールの度数が低いと勘違いしてしまう。私の友だちは一部を除いて、ほとんどが善人であるから、冷酒をひ

と口飲んでも、

「そのくらいにしておいたほうがいいよ」

といってくれる。

「なーんだ、いけるくちやんけ。さては、今まで猫かぶってたな。さあさ。どーんといきましょ、どーんと」

などと、無知な私にじゃんじゃん酒をすすめる悪党はおらず、それによって私は酒のうえでの失敗はなかったのである。


冷酒やフローズン・マルガリータを飲んでも、くらっとしないが、私はワインはひと口でも飲むと、かーっと顔面が熱くなってくる。そしてそのあと、ちょっとくらっとする。アルコールの度数は、日本酒やテキーラよりも低いはずなのに、ワインはいまひとつ弱い。私のまわりには、ワインをまるで水みたいに飲む人がいるが、見ていてとてもうらやましい。私は大酒飲みになりたいとは思わないが、水がわりにワインくらいは飲めるようになりたい。しかし私の体質には、ワインは合わないと、ずっと信じていたのだ。


二十六歳くらいのときに勤めていた会社の人は、みんな酒が好きだった。アルバイトの男の子や女の子たちも飲めた。飲めないのは私だけである。だんだん酒宴が盛り上がるにつれ、飲まない私はいつも世話係にならざるをえなかった。

「しゃんとしろよ」

といっても、相手はへろへろの酔っ払いばかりで話にならず、私はぶつぶついいながら、彼らがぶちまけたイカの塩辛を片付けたり、踏み砕いたポテトチップを掃除したりしていた。そしていつか、この敵《かたき》をとってやろうと心に誓ったのである。

それから二、三日たって、私はスーパーマーケットで、ふとワインの棚の前を通った。ふだんは通り過ぎるのだが、そのときは棚の前で自然に脚が止まった。頭のなかには酒宴でのできごとが蘇《よみがえ》り、

「ワインを飲んで酔っ払うことができたら、私はみんなの面倒をみなくてすむのだ」

とつぶやいた。そうはいったものの、いったいどれを選んでいいのかわからない。魚料理のときは白、肉料理のときは赤といわれているのは知っていたが、見れば見るほど頭が混乱してきたので、中間のロゼにした。しかしロゼといっても種類は山ほどある。ここでまた私は店頭にあったワインのうち、中間の値段のものを買った。

「ふむ。やはりつまみがいるな」

またマーケットのなかを歩きまわり、そこで目にとまったのが、「こてっちゃん」だった。酒のつまみは、こういうものだと、頭から決めつけていたのだ。人によっては臓物系がまったくだめなタイプがいるが、私は平気である。そこで何の迷いもなく、「こてっちゃん」を手に取り、ロゼワイン、栓抜きも買って、家に帰ったのだ。

軽く晩御飯を食べたあと、私は胸をわくわくさせながら、ワインの栓を抜き、「こてっ

ちゃん」を皿に盛った。これで気分よく酔えれば、もう私の天下である。酔っ払いの面倒をみなくてもいい。私は「こてっちゃん」をそのままぱくぱくと食いながら、ワインを飲んだ。ところがグラスに一杯飲んだら、かーっと全身が熱くなり、ものすごく眠くなった。

「あー、やっぱりだめだ……」

と重い体をひきずりながら布団《ふとん》を敷き、横になった。ところがしばらくすると、ものすごく気持ちが悪くなってきた。

「ううっ、やっぱり……」

よろよろと体を起こし、トイレに立ったとたん、私はゲロリンした。そして泥のようにそのまま眠ったのであるが、翌日まで何だか気持ちが悪かった。それ以来、私はワインを見るとこのときのことを思い出し、ひと口以上は飲めないのである。

この話を、つい先日、友だちにしたら、

「それは、ワインじゃなくて、『こてっちゃん』に問題があったんじゃないの」

といわれた。

「コマーシャルで、『こてっちゃーん、焼き肉ー』っていっているくらいだから、焼かなきゃいけなかったのよ」

私はぎょっとした。ゲロリンしたのはワインのせいだとばかり思っていたのに、「こてっちゃん」の食べ方にも問題があったとは。やっぱり生だといけなかったんだろうか。

意外な話の展開に頭が混乱した。しかし私は、あの気持ち悪さを思い出すと、またロゼワインを飲んで、ちゃんと焼いた「こてっちゃん」を食べ、どこに原因があるかを検証しようなんて、とてもじゃないけどできないのであった。

化粧

私は今年、四十歳をむかえるにあたり、これからは今までやらなかったことを、しようと決意した。人生の半分を過ぎ、やり残したことをやる。ギャンブルもそうだし、仕事ではない遊びの旅行もそう。買い物もしまくっている。盗みと殺人と出産以外は、

「もう何でもやったるわい！」

という気分になっているのである。

化粧にも歳《とし》をとるにつれ、興味が出てきた。これまでは化粧をするなんて面倒くさくて、日常、口紅を塗るようになったのは、三十四歳くらいのときだ。口紅が手放せなくなったのがわかったとき、歳をとったもんだとがっくりした。しかしそれも、取れたら取れたまんま、ほったらかしで、とても身だしなみといった種類のものではない。夕方になると、ほとんど素顔状態で、巷《ちまた》を徘徊《はいかい》していたのである。

ところがさすがに、ここ二、三年で肌の衰えがきた。私は化粧品が及ぼす害の本を読み漁《あさ》り、

「百害あって一利なし」

と思っていたのだが、もともと日光に弱いため、ガードする必要がでてきた。最初は、帽子を被《かぶ》ってすませていたのだが、どんなときでも、木綿の帽子をかぶっているわけにはいかない。そこで私と同じように肌の弱い友だちに相談して、肌に負担がかからない日焼けどめを買いにいった。ところが、美容部員の女性は私の顔を見るなり、

「ファンデーションも塗ってないんですか。夜のお手入れは？　えっ、顔を石けんで洗って、そのまま寝てしまう？　あらーっ」

と、呆然《ぼうぜん》とし、私の年齢を確認して、

「あらーっ」

と二度びっくりする。今までは、そういわれても、

「ふん、嫌いなんだから、しょうがないじゃん」

と無視していたのだが、さすがに最近は、無視できなくなってきた。

「目の下のクマが取れるものがあったら、何でもいいからちょうだい」

とおすがりしたくなってきたのである。

若いころは美容部員にすすめられるものも、点数が少なかった。メイクアップ用品ばかりであった。

「まだお若いから、肌の手入れは必要ありませんね」

などといわれたこともある。ところがさすがに四十路《よそじ》をむかえるとなると、不要な化粧品などないらしく、美容部員の女性は、

「これはクマ取りのアイクリーム。これは首の皺《しわ》を取るもので、これは顔のたるみをひきしめる美容液……」

と次から次へと商品を出してくる。目の前は肌の手入れ用化粧品が、てんこ盛り状態になった。

それだけではない。私がつい、

「アイメイクもしてみたいなって思うんですけど」

といったとたん、彼女は満面に笑みを浮かべた。

「はい、これはアイライナー、これはマスカラ、アイシャドウの色は、これとこれがお似合いです」

また次々と並べる。再び呆然としていると、

「アイメイクだけだと、バランスが悪いですからねえ。頬紅《ほおべに》と口紅も色を合わせるといいですよ」

とお洒落《しやれ》なケースがまた登場した。

「ちょっとおつけしてみましょうね」

私を鏡の前に座らせ、オレンジ色とクリーム色のアイシャドウをまぜたものを、まぶた

の上に塗り、茶色のアイライナーをまつげの際《きわ》にいれた。そしてブルーのマスカラをまつげに塗り、頬紅をさす。

「いかがですか」

目を開けると、鏡のなかにいたのは、妙に一重まぶたの目元がくっきりした赤ら顔の女であった。ふーんといいながら眺めていると、あげくの果てに彼女は、

「いいブラシを持っていると、メイクをするのも楽しいですよ。ほーら、このブラシセット、五万円」

と法外な値段のものまで持ち出してきたのであった。

このままいいなりになっていると、とんでもないことになると判断した私は、フルメイクをするのに、最低限必要なものを買ってきた。肌の手入れ用化粧品も、目の下のクマを取るという、アイクリームだけ買った。顔のたるみがひきしまるという、美容液にも心をひかれ、

「どのくらい顔が小さくなるんですか」

と聞いてみたら、美容部員は、

「まあ、人それぞれ骨格がありますからねえ。とんでもなく小さくはならないですね」

とにこやかに笑いながらいい放った。小泉今日子《こいずみきょうこ》くらいに小さくなるのなら、顔に塗ってもいいが、それほどの効果はなさそうなのでやめにした。

私は家に帰り、化粧品を顔に塗りたくってみた。マスカラなんかつけるのは二十年ぶりだし、液状のアイライナーなんか生まれてはじめてだ。

「どひゃー、ひでえ顔。わあ、頬紅をつけたら、おてもやんになってしもた……」

しばらく私は、自分の顔で「らくがお」を楽しむことができた。

机の引き出しには、今、化粧品が山のように入っている。どんな厚化粧も思いのままである。が、やはり面倒くさがりの性格は直ることなく、ついつい日焼けどめと口紅だけで外出してしまう。そしてデパートの化粧品売り場を通るたびに、相変わらず、

「奥様、お肌、だいぶ、傷んでますよ」

と美容部員に声をかけられ続けているのである。

恐怖のビデオ

五月の連休中、私は友だちが所有する山荘で、ぼーっとしていた。あまりにぼーっとしすぎて、体中から「ぼーっ」という字が立ち上ぼるくらい、ぼーっとしていたのである。周囲の緑を眺めながら近所を散歩したり、本当に心の洗濯ができた。持ち主の女性は車や機械物が好きで、今回も八ミリビデオの新機種を持ってきていた。仕事柄、ビデオを使うことが多いので、

「あのメーカーのものはやめたほうがいいわよ。こっちのほうがずっと画像がきれいだし、使いやすい」

といつもビデオやカメラに関しては、いろいろと教えてもらっているのだ。

彼女は最初、山荘で、ビデオを片手に飼い猫の尻《しり》をずーっと撮っていた。私たちが、

「わー、恥ずかしい、恥ずかしい」

と猫にいっても、そのおっとりとした猫は、動じることなく室内を闊歩《かっぽ》していた。そしてそのビデオをすぐ再生して、私たちは猫の尻の穴と去勢して抜いた玉のあとのアップ、

そして淡々としている無表情の猫を見て、

「わっはっは」

と大笑いしていたのである。

翌日の午後、本棚を片付けるというので、私たちはいらない本や雑誌を焚《た》き火《び》でじゃんじゃん燃やした。もちろんビデオ撮影つきである。私は焚き火がこんなにも面白いものだとは思わなかった。漫画本、雑誌、単行本が次々と燃えていく。燃えても本や雑誌は炭化したまま原形をとどめているのが、怨念《おんねん》がこもっているようで、ちょっとおぞましかった。が、私は棒で燃えカスをつっ突き、

「ほーれ、これでばらばらだあ」

と一人で喜んだりしていた。

夜はみんな協力して、御飯を作った。しょうがをすりおろしたり、玉葱《たまねぎ》をみじんぎりにしたり、手分けして作製した。そんななかで一人、ビデオ撮影に専念していたのは、友だちである。食後の雑談のときも、ビデオを据え置きにして、一同の姿を撮影した。

「ほーら、こっちをむいて」

といいながら寄ってきたりすると、私は受けねらいでアホなことばかりやった。ところがあとでそのビデオを再生して見たとき、私は愕然《がくぜん》とした。

「人の目から見ると、私ってああだったのね」

と心底がっくりしたのである。

喋《しゃべ》りかた、態度、表情、癖、どれもこれも、ぎょっとした。特に会話をしているときのリアクションが、ものすごくおばさんぽいのに仰天した。これでは町内のおばさんをとやかくいえない。ビデオに映った私の姿は、自分が思っていたよりもはるかにおばさんぽく、間抜けでみっともないのだ。気がつかないとはいいながら、世の中の人々に、こんな姿を見せていたとは。

「これならば、猫の尻の穴と抜いた玉のあとのほうが、よっぽどましだ」

と頭を抱えてしまったのだ。

「私だって、ビデオを撮って、自分の姿を見たとき、本当にびっくりしたわよ」

ビデオを撮影していた彼女はいった。そのビデオも山荘で見せてもらったが、私はどこも変に思わなかった。それは中華料理店の回転するテーブルにビデオを置き、おのおのが料理を取るのと同時に、さりげなく撮影もできるようになっていた。

「もう、嫌になっちゃうのよねえ」

彼女は自分の姿をみて、あきれかえっている。

「あんなに食べ方がひどいと思わなかったのよ。ねっ、すごいでしょ」

たしかにビデオのなかの彼女は、肘《ひじ》をついて食事をしていたが、見ていて不愉快に感じる姿ではない。Tシャツ姿だったし、とってつけたようにお上品に食べるよりは、とても

自然なような気もした。しかし彼女は、

「まるで、おやじみたいなんだもん。あれならみんなに、『とうちゃん』とか、『おやじ』っていわれてもしょうがないと思ったわ」

「ひどいのは私のほうよ。まるでおばさん丸だしでしょう。がっくりしたわ」

同年輩の私たちはお互いを慰めあった。慰めあっても、何の解決にもならないような気がした。しかし私たちは、

「そんなことはないわよ」

と慰めあわねばどうしようもないくらい、衝撃を受けていたのである。

私は喫茶店などで他人の姿を見たとき、

「あの人、もうちょっと何とかすればいいのに。気がつかないのかしら」

と余計なことを思ったものだった。

「みっともないなあ」

とちょっと軽蔑《けいべつ》したりもした。ところが、今回、自分がビデオに撮られてみて、あれは本当に本人は気がついてないということがわかったのだ。着ている服の前のあたりを、ほこりもついていないのに手で払う癖、話をしながら相手のことばにうなずく癖、再生したビデオの前で私は、

「ひえーっ、やめてくれえ」

と叫びたくなったくらいであった。

自分の正面からの表情は鏡で見ることができる。でも鏡に映した自分の顔は、意識した顔であることもわかった。見ることを意識して、いいお顔をしていたわけである。私はこんなにビデオが面白くて、怖いと思ったことはない。自分の生活を、一度、ビデオを据え置きにして撮影したら、一生、立ち直れなくなるような気がしているのである。

海で「泳ぐ」

先日、二十三年ぶりで、海に泳ぎにいった。

「私、高校生のとき以来、海に行ったことがないのよ」

と同行する友だちに告白したら、

「あなた、それでよく今まで平気だったわね」

とあきれられた。山に緑が多くなり、暑くなって海水浴シーズンになっても、私は東京を離れることはまずなかった。わざわざ行ったって、人が多いからうんざりするだけだと、うちのなかで本を読んだり、レコードを聞いたり、ふだんと全く変わらない生活をしていたのである。ところが今回は、行き先が沖縄だ。平日だということもあり、混雑もまだしていないはずだ。写真で見ると沖縄の海はとても美しく、ここなら泳いでみたいという気になったのである。


高校生時代、友だちと千葉の海に行ったのだが、なかに泳げない子が一人いた。彼女は海面が膝《ひざ》より高いところは、絶対に嫌だといって、浅いところをちゃぱちゃぱ歩いていた。

泳ぎの得意な子二人は、ずんずんと沖にむかって泳いでいく。泳げない子は、

「一人にしないで。怖いから」

といって、私の背後にぴったりとはりついて離れない。ちょっとでも深いところに行こうとすると、私の水着の背中の部分をひっぱり、

「怖いー、怖いー」

と絶叫するのだ。すごい力で水着をひっぱられた私は、

「ひえーっ」

と、のけぞった。私は泳げない彼女につきあって海のなかをただ歩いただけで、海に行って「泳ぐ」というのは、厳密にいうと小学生のときに海で泳ぎを覚えて以来、三十年ぶりのことになるのだった。

事前に沖縄のリゾートホテルに確認すると、係の女性が、

「そのころは、梅雨も明けて、いいお天気続きです」

といったので、私たちはそのことばを信用した。羽田を発《た》つときは大雨だったのだが、

「きっと、あっちは晴れてるよね。係のお姉さんがそういってたもん」

と胸をわくわくさせた。しかし沖縄についた私たちをむかえてくれたのは、すばらしい曇天と、ときおり降る大雨であった。気温も東京より寒いくらいである。

「うーむ」

私たちは海を前にうなった。リゾートホテルの宿泊客も、コテージ内でごろごろしているようである。

「私たちは泳ぎに来たのよ！　さ、何をもたもたしているの。行きましょ」

旅行のいいだしっぺで、リーダー格のAさんにひきずられるように、私たちはとぼとぼと浜まで歩いていった。途中、おじさんが二人、敷地内のプールで泳いでいた。

「海のあるところに来て、プールで泳ぐなんて、どういう神経をしているのかしらねっ」

Aさんは不愉快そうにいった。

「そうねえ……」

私は相槌《あいづち》をうちながらも、天気の悪さに気分がめげてしまい、内心、

（こんな天気で泳いでも、大丈夫なんだろうか）

と不安になった。幸い、雨は上がったものの、真っ黒い雲が空を覆《おお》っている。それなのに海に青さがある。天気がよかったら、どんなにきれいだろうかと、残念でならなかった。

泳ぐきっかけを失いつつあった私たちは、しばらく浜のパラソルの下で、ぼーっとしていた。直射日光を避けるのがパラソルの役目であるが、今日のパラソルは雨避《あまよ》けである。

十五分ほどのらくらしていると、Aさんはおもむろにビーチウエアを脱ぎ、

「みんな泳ぐのよ！　今回の旅行は修行だと思いなさい！」

といって、海に入っていった。一同、あとを追って海に入った。これが信じられないく

らいに冷たくて、とてもじゃないけど上半身なんぞ、海中につけられないのだ。

「寒いよー」

と訴える私にAさんは、

「修行は辛《つら》いのが当たり前。泳いでいるうちに暖かくなるのよ！」

と、肩まで水につかっている。仕方なく私も修行だとあきらめて、泳ぐことにしたのである。

自慢ではないが私はばた足をすると、クラスの女子で一番であった。ビート板を持たせれば日本一といわれていた。ただし息継ぎはできない。でも私は泳げると思っていたのだが、今回、その話をしたら、

「息継ぎができないっていうのは、泳げないってことよ」

といわれて愕然《がくぜん》としてしまった。平泳ぎは一所懸命に手足を動かしても、水面で体が行きつ戻りつしてしまい、全然、前に進まない。クロールは息継ぎができないのでやらない。たったひとつの救いは背泳だけであるが、海でやるのは妙である。

私は海のなかで息が続く限りばた足をして、息ができなくなると立ち上がり、また深呼吸をして泳ぐのを繰り返していた。とんでもなく間抜けであった。

「ずっと泳げると思っていたのは、実は誤解だった」

ばた足ができるのが泳げるという意味ではなく、息継ぎができないと、泳げることにな

らないなんて、とてもショックを受けた。

「やはり将来のことを考えると、息継ぎの方法を習ったほうがいいんではないか」

私はどんよりとした沖縄の空の下で、三十年にわたる自分の誤解をあらためて、かみしめていたのである。

暑さ対策

年々、暑さが体にこたえるようになった。クーラーをつけると喉《のど》をやられるため、汗をだらだら流しながら過ごしているのは、例年どおりである。ところが今年の七月のはじめの暑さには心底まいってしまった。その前までは比較的気温が低く、私は寝るときに長袖《ながそで》のTシャツを着ていた。ところが、翌朝めざめてみたら、部屋の中に熱気がこもっている。まるでサウナのようだ。

「ううっ、暑い……」

とつぶやきながら、風をいれようとベランダに面した戸を開け放っても、カーテンはぴくりとも動かない。外から入ってくるのは熱気だけである。

「うー」

あまりの暑さにいつもより早い時間に目が醒《さ》めて、頭がぼーっとしている。ベッドの上で放心していると、ますます暑くなってくる。こんなとき、隣に誰かが寝ていたら本当に腹が立つ。こういうときに私は真剣に、

「ひとり暮らしでよかった」

と思ったりするのだ。

いつまでもぼーっとしているわけにもいかず、私はのろのろと立ち上がり、脱衣所で汗まみれの長袖Tシャツを脱ぎ捨て、洗濯機にほうり込んだ。そして洗濯機の前で放心。ついでにパジャマのズボンとパンツも脱いで、風呂場《ふろば》で放心。シャワーを浴びながらまた放心。朝御飯を食べながらも放心という、脳が全く動かない状態だった。

どんなに窓を開け放っても、熱気だけが入ってくる。時間がたつにつれて、ぐんぐん気温は上がり、テレビで最高気温が三十五度などというニュースを見たりして、ますますぐったりした。

「ほんのちょっとだけならいいよな。せっかくあるんだから」

私はあまりの暑さに耐えられず、掟《おきて》を破ってエアコンのスイッチをいれた。前でぼーっとしていたが、いつまでたっても室内の気温が下がる気配がない。それどころか、なま温かい風が吹き出しているような気がする。おかしいと思ってよく調べたら、何と壊れているではないか。

「くくーっ、よりによって、こんな時に」

私は目の前が真っ暗になった。引っ越して以来、冬場は使っていたものの、夏場は全く使うことがなかったため、クーラーの機能がどうにかなってしまったらしい。

「あー」

私はその場に大の字になり、もう、どうにでもしてーという気分になった。そしてそのまま、がーっと寝てしまい、ふと気がついたら何度も寝返りをうったらしく、汗をかいた顔面にほこりがへばりついている始末であった。

突然、腹が立ってきた私は、ぶるぶると顔を洗い、

「こんな日に顔にいろいろとつけられるか」

とそのままで、机の前に座った。座っていると暑い。少しは自発的に風を作ったほうがいいかと、部屋の中を歩きまわってみたが、ますます暑くなる。とにかく何をしても暑く、自分が発熱体になったような感じであった。

去年、テレビで貧乏な学生がどうやって夏を過ごしているかというアイディアを放映していた。ある男の子は、体中にシーブリーズを塗り、扇風機の前にたたずむという方法を紹介した。私はそれを見て、お金がない学生さんはうまく頭をつかうものだと感心した。それを思いだした私は、彼の真似《まね》をして、シーブリーズを腕や脚に塗り、ふうふうと息を吹きかけた。たしかに涼しくなる。

「こりゃあ、なかなかいいわい」

とふうふうしていたのが、そのうち酸欠みたいになって頭がくらくらしてきて、ますます暑くなった。

「あー、だめだめ」
私はまた大の字になり、口をあんぐりと開け、まぐろのようにたたみの上にひっくり返
っていたのだった。

夜、寝るときも、窓や戸を全部、開け放して寝たい。私の部屋はマンションの上のほう
にあるから、暴漢に襲われる危険性は少ないといえる。しかし都心のマンションで、警戒
しないでベランダに面した戸に鍵《かぎ》をかけないまま熟睡し、ふと気がついたら屋上からロー
プをつたって忍びこんでいた強盗に、ナイフをつきつけられていた人がいたことを思いだ
したりして、いまひとつぱーっと戸を開けたまま寝ることができないのだ。
このところベランダばきにしているスリッパが、きちんと揃《そろ》えておいたはずなのに、て
んでんばらばらにひっくりかえっていたり、バケツの中につっこまれていたりする。きっ
とカラスの仕業だと思うのだが、もしかしたら暴漢が、「ほーれ、こんなに簡単にベラン
ダに侵入できるんだぞ」と、アピールしているのかもしれない。そう考えるといくら暑い
とはいえ、窓や戸を開けたまま寝るのは憚《はばか》られるのである。
「何か心配なのよね」
という私に、母親は、
「あーら、あぶないっていったって、若い娘さんじゃあるまいし、あんたはもう大丈夫。
そんな心配はないわよ」

といい放った。しかしそういわれても私は安心できず、汗をだらだら流しながら、窓や戸を全部閉めて寝る。幸い、寝つきがいい質《たち》なので、「暑い」と感じる前に寝てしまうからいいが、起きたときが最悪のサウナ状態というわけなのだ。これからますます暑くなっていくなか、私はどうしていいかわからない。喉の痛みにかまわず、やっと直ったクーラーをつけるか、それとも安全第一を考えて、閉めきって寝るか。ちゃんと考えたほうがいいのだが、それすらしたくないくらい、私は暑さにげんなりしているのである。

同居信号

親が歳《とし》をとってくると、いろいろと面倒な事柄が発生する。さいわい、うちの母親は六十歳を過ぎても仕事を続けていて、着物の着付けの免状を取得するために、教室に通ったりしているから、放《ほう》っておいてもまだ何とかなったが、それでも問題は起きてくるのである。

たとえば、二年前に、私が今、住んでいるところに引っ越したときのことだが、母親は、

「前のところよりも広いんでしょう」

と、聞いてきた。明日をも知れぬ仕事をしている娘が、少しでも広いところに引っ越すと、安心するようなのだ。ところがそのあと、必ず、家賃をたずねる。そして、

「それだけ払って、自分のものにならないなんて、もったいないわねえ」

などと、ため息まじりにいうのである。私は持ち家が欲しくないから、賃貸に住んでいるのだと、何度もいい、母親も納得しているはずなのに、ぽろりぽろりと本音がでる。そして、あげくは間取りをしつこく聞き出し、

「それだったら、二人で暮らせないこともないわね」

と、むこうは勝手に私との同居を思い描いたりして、私は卒倒しそうになるのだ。一度、家を出てしまうと、なかなか親との同居はうまくいかない。私は家で仕事をしていて、自分以外の人の気配がすると、気が散って仕方がない。母親と同居すれば、御飯は作ってくれるし、掃除もしてくれるだろうが、それにくっついてくる、どうでもいいおしゃべりに付き合わされることを考えると、どうしても同居に踏み切れない。

「体が動かなくなったら考えるけど、まだ元気に働いているんだから、いいじゃない」

というと、むこうも、

「そうなの。ひとり暮らしも気楽でいいわ」

と答えるものの、本心はどうも違うらしい。が、その点を私から口に出すと、待ってましたとばかり、くらいつかれそうな気がする。かといって、そういう気持ちを完全に無視するわけにもいかないので、私はここ十年以上、母親のところから一時間以内でこられる範囲内の賃貸物件で暮らしていたのである。

母親が、今年になって、「引っ越したい」といい出した。彼女が住んでいるところは、いちおうはマンションであるが、老朽化がすすみ、大地震がきたら、あっという間にぱたっと倒れてしまうような建物になりつつあった。

「物件を見たんだけど、どれも十万円以上するのよ」

彼女は暗い声をだした。

「今どき、そのくらいするわよ」

彼女の感覚では、自分のものになるのならともかく、十万円以上の家賃を賃貸で払うのは、無駄だと思っているのだ。

「広さじゃなくて、家賃を中心に考えて、あの山のような荷物を処分すれば」

というと、

「私みたいな年齢の人間は、そう簡単に物なんか捨てられないのよ」

と訴える。だいたい一人で3DKに住んでいるのに、押し入れは満杯になっている。もったいない、もったいないといってためこんだ、タオル、衣類、布地、毛糸、靴、バッグ。私が学生時代に試しに買って、一歩も歩けなかったロンドンブーツ。どれもこれも、絶対に誰も使わないし、使えない物ばかりなのに、捨てようとしない。

「あのゴミを捨てない限り、どこにも引っ越せないわよ」

そういっても、彼女は、うじうじといいながら、老朽化したマンションで生活していたのである。

ところが、所沢の先にマンションを購入して住んでいた独身の弟が、母親の話を聞き、マンションを彼女に明け渡し、自分は会社の近くの賃貸マンションを借りるといい出した。それを聞いた彼女は、もう有頂天である。会社から遠くなるので、仕事をどうするかがネ

ックだったが、あれだけ、

「私は死ぬまで働く」

といっていたのに、簡単に、

「仕事はやめるわ」

といい放った。

弟も私と同じように、さりげなく「一緒に住まないか信号」を送られていた。そうなったらガール・フレンドを連れてくることもできなくなる。しかしあからさまに母親を邪険にもできない。そこで思案した彼は、自分にとって、いちばんよい方法として、分譲生活を捨てて賃貸生活に戻ることにしたのであった。母親は弟から、

「ちゃんと荷物を整理しておくように」

と、いわれると、

「はーい」

と、いいお返事をして喜んでいた。

実は私もそうだが、弟も母親のことなんぞ、いちばんに考えていない。どうすれば自分が楽になるかを、真っ先に考える。そこで彼は、母親と同居することよりも、賃貸分の出費を選んだ。しかし、彼女はありがたいことに、そうは思っていないのだ。安心できる住まいを得たら、同居などということは、これっぽっちもいわなくなった。私たちはこれで

しばらくは「同居信号」を送られる可能性はなくなり、心からほっとした。この我が家族の新たな展開を、私は「愛の姥捨《うばすて》物語」と呼び、英断をした弟に対して、「ぼっちゃん、よくやった」

と、心から拍手をしたのであった。

どんでん返し

前のページで、賃貸マンションに住んでいる母親を、弟が持っている所沢のマンションに住まわせるという、姥捨計画について書いた。私と弟は、老朽化したマンションに、いつまでも母親が住んでいるのは気になるし、かといって同居を求められても困ると思っていた。双方がいちばんいい方法として、この案が出たわけだが、私は母親がすんなりこの案に同意したことに、正直いって驚いた。もっとごねると思ったのに、あまりにスムーズにいったので、

「なーんだ」

という感じであった。これですべてが丸くおさまると、私も弟もほっとしたのである。

ところが、その原稿を書いた一週間後、どんでん返しがあった。母親がうちに電話をかけてきて、

「おねえちゃん、所沢のマンションに住む件ね、あれ、やめたわ」

といったのである。私は受話器を持ったまま、目の前が真っ暗になった。母親の目の前

ではやらないが、つい先日、

「ばんざーい」

と自分の部屋のなかで、両手を挙げて喜んだ。それがこんな短期間で反古《ほご》になろうとは。

私は動揺を悟られないように、

「でも、そこに住むのがいちばんいいと思ったんでしょ」

とさりげなくいってみた。

「それはそうなんだけどね。よく考えてみると遠いのよ」

「仕事をやめたんだから、いいじゃない。ちょっと離れているほうが、緑が多くて環境がいいんじゃないの。これから住むんだったら、環境がいいのがいちばんだよ」

いくらプッシュしても、彼女は、

「やっぱり、やめるわ」

というばかりで、意思は固いようであった。

私は、

「まだまだ、母親はもうろくしていなかった」

と呆《あき》れたり、感心したりした。私と弟の魂胆に、まんまとひっかかったと思ったのに、ちゃっかり気がついてしまう。なかなか敵も手強《てごわ》いのである。

「遠いとね、すぐおねえちゃんのところにも、行ってあげられないでしょ」

まさか、

「それが困るのよ」

ともいえないので、

「はあ」

とごまかしていると、

「あたし、おねえちゃんのすぐ近所に、引っ越しちゃおうかなー」

などと、とんでもないことをいいだし、私は思いとどまらせるために必死になった。母親は仕事をやめてしまい、暇でしょうがないのである。暇なもんだから、唯一《ゆいいつ》の楽しみである着付け教室に、毎日、通っていたら、

「本当に熱心ねえ」

と先生にいわれたらしい。離れて住んでいるからいいが、近所に住まれたら、とんでもないことになる。

「おねえちゃん、おかずを作ったわよ」

といって、おかずを持ってきてくれるのはありがたい。しかしその後三時間は、確実にどうでもいいお喋《しゃべ》りや噂《うわさ》話につきあわされる。おかずを持ってきて、さっと帰ってくれればいいのだが、絶対にそうはいかないのが、私にはわかりきっているのだ。

「近くに住めば、いろいろと便利よん。おねえちゃんが着物を着るときに、袋帯を結んで

あげられるし」

母親もそれなりにプッシュしてくる。私もやられてはならじと、

「袋帯を結ばなきゃならない所にいくことなんか、一年に一度、あればいいほうだよ」

と反撃すると、

「そうねえ……」

とちょっとひるむ。しかし、「私が近所に住んでいたら、とっても便利」ということを、いろいろな例を出しながら、くいさがってくるのである。

「うちの近所は家賃は高いよ。その予算じゃちょっと無理じゃないの」

そういってはじめて、母は「うーん」とうなった。

「でも、私はどこでもいいの。2DKの広さがあったら、木造のアパートでもいいわ」

といちおうはいうのだが、今住んでいるマンションの、上の階の音が聞こえるなどといっているのに、木造のアパートで我慢できるわけがない。そのへんを突っ込むと、

「そうなのよ」

と素直に認める。話につきあっていると、何が何だかわからなくなり、頭が混乱してくるばかりなのだ。

しばらく話しているうちに、母親は、今、住んでいるところの近所に部屋を探すといいはじめた。

「着付け教室にも近いし、家賃もそれほど高くないし」

「そうそう、それがいちばんいいわよ」

ところが、荷物を整理して早々に部屋を探すといっていたにもかかわらず、半月たっても全く、そういう気配がない。

「まさか、とんでもないどんでん返しがあるんじゃ……」

私は気が気じゃない。まるで爆弾みたいな母親を抱え、私は彼女から電話がかかってくるたびに、今度は何が起こるのかと心臓が高鳴ってしまうのである。

話せばわかる

突然、何の予告もなく動物に出くわすと、いくら動物が好きな私でも、度肝を抜かれそうな気がする。東京だとそんなにびっくりするような動物に出会うことはないだろうが、イグアナが歩いていたとか、アライグマやタヌキが民家の庭に逃げ込んだなどとニュースが伝えていることもある。一度、町内をイグアナが歩いているところを目撃したいのだが、残念ながら、私にはそういう機会がなかったのである。

友人にそんな話をしたら、

「何いってるの。田舎に住んでみなさいよ。新聞に『山にいったらクマに出くわした』って書いてあったわよ。イグアナはむこうから襲ってこないでしょ。クマは切羽つまったら襲ってくるから、これは怖いわよ」

といった。気丈なおじいさんがクマと格闘して勝ったとか、おばあさんが死んだふりをして助かったとか、いくらクマの姿は愛嬌《あいきょう》があるとはいえ、獰猛《どうもう》なので気をつけなければいけないといわれる。でも私は、雑誌か新聞で読んだ、クマの話が好きなのだ。

若いお母さんが赤ん坊をつれて山に行ったら、突然、クマが出てきた。お母さんがびっくりして赤ん坊を抱こうとすると、クマが赤ん坊を横取りしてしまった。彼女が呆然《ぼうぜん》として立ち尽くしているすきに、クマは赤ん坊を抱えて山の奥に入っていこうとする。それを見た彼女は、その場に土下座をして、

「どうか、赤ん坊を返して下さい」

と必死に頭を下げた。するとクマはお母さんの姿をしばらく見ていたが、そのうち赤ん坊をその場に置いて、山の奥に去っていったというのである。

どんな動物でも「話せばわかる」と、人の家のペットやワニや金魚にまで話しかけてしまううちの母親は、

「ほーら、やっぱりそうなのよ」

と胸を張った。私もそのような母親のことばに洗脳されかけていた部分もあったが、外国のニュースで、サーカスの象の調教師が、かわいがっていた象にめちゃくちゃにすっとばされ踏まれて、恩を仇《あだ》で返されたように殺されたのを見ると、

「やっぱりわからない奴《やつ》には、わからないんじゃないか」

と思ったりするのである。

ある編集者と動物について雑談をしていたら、彼女は、

「夏休みに実家に帰っていたら、変なことがあったんです」

という。夜の九時すぎ、彼女は友だちと芦屋《あしや》の近くのバス通りにいた。バスが行き来するくらいの広い道路で、交通量も多い。そこの歩道を食事をした帰りに歩いていたら、向こうから何かがやってきた。薄暗いのでそれが何であるかはわからないのだが、彼女は犬だろうと思っていた。ところが近付いてみたら、やってきたのは、イノシシの一家だった。

「おじいさん、おばあさん、お父さん、お母さん、それに子供もいました」

総勢六匹だったそうである。

うわっとびっくりして、立ちすくんでいると、なかでいちばん毛艶《けづや》もよく、体の大きなお父さんが、つつっと歩み寄り、彼女が持っていたバッグに、はぐっと噛《か》みつき、ぐいぐいと引っ張って放さない。彼女も買ったばかりの大切なバッグを取られては困ると、負けじと引っ張ると、向こうも必死になって踏ん張る。一人と一匹のやりとりを、友だちと残りのイノシシが、息を飲んで見つめていた。

他のイノシシがお父さんに加勢して、彼女に危害を加えたのではないかと心配したが、

「他のイノシシはおとなしく、じっとしていました」

と彼女はいった。興奮することもなく、ブイブイと鳴くこともなく、ただじっと歩道の上にいたというのである。

「ひえーっ、どうしよう」

下手にイノシシを刺激して、何かの拍子に一家に一丸となって攻撃されたらひとたまり

もないし、かといってバッグは取られたくないし、彼女は芦屋のそばの歩道の上で、しばらくイノシシとバッグを取り合った。そしてやっとお父さんイノシシはバッグを取るのをあきらめ、口からバッグを離し、とことこと道路を渡って反対側に行き、山のほうへと歩いていった。他のイノシシも無言でお父さんのあとを、おとなしくくっついていったそうである。

「もしかして、ばかされたんじゃないかしら」

彼女たちは農道ではない、国道のそばで起こった出来事に、唖然《あぜん》としていた。キツネやタヌキはともかく、イノシシがばかすのは聞いたことがない。もう一度よく見ると、バッグにはくっきりとイノシシのお父さんの歯形が残されていた。私も歯形つきのバッグを見せてもらったが、なかなか強烈な悪戦苦闘の跡が見られる歯形であった。

そのバッグの中には、レストランで買ったパンが入っていた。お腹《なか》がすいたイノシシ一家は、素早くパンの匂《にお》いを察知し、「ちょーだい、ちょーだい」攻撃に出たようだ。

「きっと猛暑のせいで餌《えさ》がなくて、民家のそばにやってきたんでしょう。今になって思えば、パンをやればよかったたって後悔してます。お父さんはともかく、他のイノシシは礼儀正しかったし。私がパンをやらなかったせいで、家族六匹が死んじゃったりしたら、どうしよう」

彼女は真顔でいった。あの暑さではイノシシも辛《つら》かっただろう。他のイノシシがそばでじっと待っていたというのも、奥ゆかしくて好感が持てる。私と彼女は、バッグにくっきりと残された、お父さんイノシシの歯形を見ながら、

「まっ、ああいう生き物はたくましいから、ちゃんと生きているわよ。きっと大丈夫よね」

と自分たちにいいきかせるように、何度もうなずいたのだった。

母親失踪

約半年の間、もめ続けたうちの母親の引っ越しの件だが、やっと決着がついた。弟の持っているマンションに引っ越すことを拒否し、自分で住むところを探すといっていたのだが、なかなかみつからなかった。最初、私は、

「六十歳をすぎていて、仕事もやめているし、貸してくれる大家さんがいないんじゃないか」

と気になっていた。ところがみつからないのは大家さん側の問題ではなかった。借り手がないときだから、六十歳をすぎていても、貸してくれる大家さんはたくさんいた。そのたくさんいたのが、逆に母親にとっては問題になったのである。

母親はたくさんの物件のなかから選んだほうがいいと思い、片っぱしから見てまわった。ひとっところに二十年以上も住んでいて、物件を見るのに慣れていない彼女は、よほどひどい部屋は断るが、それ以外の場合は断ることができない。私のように引っ越しが好きだと、見切る物件と保留する物件が判断できる。しかし物件を見るのに慣れていない母親は、

物件を見れば見るほど混乱したのである。

どんな部屋でも完璧《かんぺき》に気に入るところなどない。「帯に短し、たすきに長し」である。母親はいつまでたっても部屋を決めることができず、すべてに手付け金を打って、保留にしておいた。その手付け金だって、もとはといえば私が彼女にあげた、小遣いから出ているのである。「そこのところがわかっとるのか」といいたくもなる。そしてしまいには、彼女は不動産屋に、

「本当に引っ越す気があるの」

と嫌味をいわれる始末だったのである。

うちにも何度も電話がかかってきた。

「こういう部屋なんだけど、どうかしら」

そんなことをいわれても、住むのは彼女なんだから、好きなようにすればいいのに、

「台所がこうなっていて、二階で押し入れが一間しかなくて……」

と部屋の造りの説明は延々と続くのだが、私としては、

「気に入ったら決めれば」

というしかない。ところが、

「とってもいいところなのよ」

といっているくせに、そこに決めたらというと、

「うーん、でもねえ、外壁がタイル貼《ば》りじゃないの」

とわけのわからないことをいう。若い女の子がいうのならまだしも、

「いい歳《とし》をこいたおばさんが」

と私はいいかげん、うんざりしてきたのであった。

母親が十件以上の物件を見て決めたのは、いちばん最後に見た、一軒家であった。今、住んでいるところからも歩いていける距離で、引っ越しも楽だし、静かで環境もいい。

「一軒家だと、花も植えられるし、猫も来られる」

と彼女は喜んでいた。こちらもほっとした。私は母親に関しては金銭面担当であるが、弟は雑用担当である。彼は休みの日にその家を見に行き、

「いいじゃない、ここにすれば」

といった。そこで彼は、いってはならないひとことをいってしまったのであった。

「一生、住むわけじゃないんだから」

これを聞いた母親は、

「えっ、ここで何年、我慢すればいいの。三年、五年、十年?」

とたずねたという。その話を聞いて私は、

「せっかく母親が、一人で新しい住まいで暮らす気になったのに、余計なことをいって」

と舌打ちした。こうなったら弟が家を建てなければ、母親は納得しないではないか。

「あー、どうなることやら」

そう弟にいって私は知らんぷりをしていた。

母親の引っ越しも済み、どんなものかと電話をしてみたが、呼び出し音はするものの、いつ電話をしてもいない。昼間も夜もいない。それが一週間以上も続いた。旅行にでもいったのかと思ったが、そんな話は聞いていないし、旅行の前にはうちに連絡がくることになっている。どうしたのかと思っていたら、弟から連絡があり、

「電話をしても出ないんだけど」

という。引っ越したとたん、母親は行方不明になってしまったのである。

悪漢に襲われたのでは、とか、近所の一人暮らしのじいさんと知り合って、ちゃっかり二人で暮らしているんではないかとか、いろいろな憶測が流れた。いったいどこに行ってしまったんだ！　と心配していると、母親から電話がかかってきた。引っ越してから私たちから電話がないので、無視されたのではないかと、思っていたという。事情を説明してすぐ電話局に連絡させた。調べた結果電話がつながらなかったのは、設置にきた係員が、電話機の呼び出し音のスイッチを入れるのを忘れたためだった。それで電話をしても、むこうの電話は鳴らなかったというわけなのだ。

「ああ、やっぱり母親は歳をとっているんだな」

と思った。電話が鳴らなければ、まず電話機をチェックしてみるのが当たり前である。

ところが彼女は人を信用しきって疑わない。

「おねえちゃん、電話、鳴るようになったわよ」

母親は喜んでいた。

「そう、よかったね」

といいながら、私はこれからも山のように、こういうことが起きるんだろうなあ、とため息をついたのであった。

犬猫チェック

九月にタイのプーケット島に行ったとき、海でぷかぷか浮くのも目的だが、地元の犬や猫を見るのも、楽しみのひとつにしていた。

「暑いところは、だいたい犬がメインになっちゃうよね」

同行した友だちが機内でいった。たしかに温暖な場所は猫の天国だが、暑くて湿気の多い地域は猫にはきつそうだ。私は以前、バリ島に行った友だちから、バリ島の犬はどことなく人を疑っている目をしているといわれたこともあり、プーケット島の犬や猫には、あまり期待しないほうがいいかもしれないと、思ったりもしたのであった。

トランジットも含めて八時間、プーケット島に着いたのは天気の悪い夕刻だった。犬や猫はいるかとホテルに向かう車の窓から見ていたが、犬や猫よりも牛のほうが目立つ。

「やっぱりアジアだねえ」

誰かがつぶやいた。私は何で「アジアだねえ」なのかよくわからなかったが、何となく、

「そうだねえ」

といいながらうなずいていた。

ホテルに着いてみたら、そこはヤモリの天国であった。白いヤモリがそこここにいて、歩いていくとささっと逃げる。牛とヤモリしかいないのかと思っていたら、浜辺に住んでいるかわいい犬の家族がいて、私たちの心はとてもなごんだ。しかし犬よりも猫好きの私たちは、

「やっぱり猫を見なければ、納得できないよね」

といいながら、どこかにでかけると目を皿のようにして、猫チェックに励んでいたのである。

私たちが泊まっていたホテルは、島の南側にあるとっても静かな所だ。繁華街に出るにも車で二十分ほどかかる。たまには盛り場にも出ようということになり、島の空港近くのパトンビーチまでいってみた。店もたくさん立ち並び、いかにも観光地という感じなのだが、海は汚くて波が荒く、私たちはがっくりした。人の多さにも疲れた。そこにはたくさんの犬がいたのだが、どの犬もとっても不幸そうで、それを見て疲れが倍増してしまったのである。

どの犬も吠《ほ》えることなく、店の軒下や道路に座っている。近寄ると、はたはたと尻尾《しっぽ》を振るものの、力がない。

「ほんとーに、ぼくたちは不幸なんです」

悲しげな目つきで訴えるのである。できれば、よしよしと頭のひとつも撫《な》でてやりたいところなのだが、犬のほとんどは皮膚病にかかっていて、気軽に触れない状態なのだ。一匹が病気になって、どんどんうつっていったらしい。なかには病気がすすんで、体中がボロ雑巾《ぞうきん》みたいになっている犬もいて、

「誰か病院に連れていってやらないのか」

といいたくなった。

犬が悲しい目つきをして力がないのと正反対に、毛並みがきれいでつやつやしているのが猫だった。外にいるのに、まるで室内にいる猫のようにきれいなのだ。おまけに人にかわいがられているようで、顔だちもかわいらしく、人なつっこい。同じ地域に住んでいながら、どうして犬とあれだけ目つきが違うのか、不思議なくらいであった。

そのあと、プーケットタウンに、魚介類がおいしいレストランがあるというので、行ってみた。看板に漢字で「普吉」と書いてある。普吉さんという人が経営しているのかと思ったら、漢字でプーケットのことをこう書くのだった。レストランの入り口には捕れたての魚、エビ、カニがどーんと置いてあって、好きなものを選んで料理をしてもらえる。屋根だけがあるテラスで、私たちはトムヤムクンや、シーフードを次々に消化していった。

そのとき隣のテーブルで、食事をしていた白人の女性が、キャッと声をあげた。どうしたのかと見ると、テーブルの下から猫が走りでてきた。

「あっ、猫だ」

もちろん私たちの目は猫に釘《くぎ》づけである。そしてよくよく見ると、隣のテーブルの下には四匹の猫がおとなしく座っていて、おこぼれにあずかろうとしているのであった。どの猫も毛並みがきれいで、とってもかわいい顔立ちをしている。テーブルの下から逃げてきた猫は、私の足元に座った。別に脚にまとわりつくわけでもなく、鳴きわめくこともなく、ただじっとお座りしている。その姿を見ると、ついつい自分の分をわけてやりたくなるのだ。

しばらくして隣では期待できないと思った猫たちが、こちらに場所を変えてきた。ひとっところにかたまらないで、それぞれちゃんと縄張りを決めているところが、なかなか賢い。タイの料理は香辛料がきついものがあるので、そのままやると体に悪いと思い、私たちはソースを取り除いて猫にやった。ところが舌が肥えているのか、イカやタコは喜ばず、カニやエビをむさぼり食う。ウエイターの若い男の子が、

「足元に座った猫の名前は、ノムチャイだよ」

と教えてくれた。ためしに「ノムチャイ」と呼んでみたら、私の顔を見上げて、ニャーニャーと鳴きはじめた。そうなると情が移って、好きなカニをやってしまう。それを見たウエイターが、紙に魚の絵を描いてきて、ノムチャイの口元に持っていったりしたが、まったく関心を示さず、ひくひくと鼻の穴を動かしていた。

私が目にした限り、タイの猫は幸せ者だった。かわいそうなのは犬だ。犬と猫でどうしてあれだけ待遇が違うのだろうか。日本に帰ってきて、島で写した写真を見ながら、私たちは猫の写真を見ては「かわいかったねえ」と目を細め、犬の写真を見ては「ひどいよねえ」とため息をつき、タイでの犬猫チェックを反芻《はんすう》したのだった。

スキーは楽し?!

私はこれまで、本を読んだり編み物をしたりするしか、趣味がなかった。どちらも室内でできることである。最近、覚えた麻雀《マージャン》も室内のゲームだ。自分では外に出るのも嫌いだったし、旅行も好きじゃなかった。ところが友だちに誘われて、夏にシュノーケルをやってみたら、これが面白い。これがきっかけになって、私は、

「アウトドア関係も、なかなか面白いではないか」

と思うようになったのである。

アウトドアといっても、すでに中年になっているので、ハードなものは体がついていかない。

「ああ、楽しい。またやりたいな」

と感じるくらいがよく、へとへとになって、口をきくのも嫌になるくらいのことはやりたくない。だから海へいっても、ぼーっとしたい人は砂浜でぼーっとするし、まだ余力がある人はぶかぶかと海で浮いている。誰も強制しない。自分の体力に合わせて、勝手にや

っているから気が楽だ。こういうなかに、一人でも、

「さあ、一緒にやろう」

などといいだすのがいると、気が滅入《めい》ってくるが、

「私は私、あなたはあなた」

とみんな、他人がどういうことをしようと干渉しないので、自分のペースでやれるから、無理しなくてすむ。これがとってもいいのである。

「夏はシュノーケルだけど、冬はスキーだからね」

夏から私はずっと友だちにそういわれていた。私はスキーは一度もやったことがない。大学の体育の授業で、スケート、スキー、あるいは体力トレーニングのどれかを選択せよといわれたのだが、私は迷わず体力トレーニングを取った。スケートは中学時代に苦い思い出があるし、スキーはわざわざあんな板を抱えて山にのぼり、また降りてくるなんて、ばかばかしいと思っていた。体力トレーニングは、白いトレパンをはかされて、体育の授業のなかでいちばんかっこ悪かったが、それでもスキーやスケートをするよりは、ましだったのである。

スケートのほうがスキーよりも気楽にできたので、中学生のときはよく国立競技場のそばにある屋内スケート場に行った。男の子、女の子とりまぜて、六人くらいで行くのだが、そのなかで二人くらい上手にすべれる子がいる。親切に教えてくれても、教えるのも教え

られるのも中学生では、あまり効果があがらない。

「とにかくすべるしかない」

そういわれて、私は膝《ひざ》をがくがくさせながら、リンクにおっぱなされてしまった。女の子のなかには、

「いやーん」

などといって、男の子に手を引いてもらうのを待っている子もいて、見ていると胸くそが悪くなった。

（絶対、一人ですべれるようになってやる！）

そう心に決めたものの、精神と肉体のアンバランスは悲しいもので、気持ちに体がついていかない。そしてみんながとめるのもきかず、

「私は自分の力で、リンクを一周する！」

と宣言し、ちょっとすべっては、手すりにへばりつくのを繰り返しながら、必死になって一周した。四十五分かかった。私もぐったりしたが、一緒に行った友だちもぐったりしたようだった。それ以来、私はスケートをやっていないのである。

スキーはもっと大変そうだ。友だちは、

「板も靴も一式、買いに行きましょ。最初から自分の物でやったほうがいいから」

と勧めてくれた。そして私は気がついたら、神田のスキー用具店の椅子《いす》に、ぼーっと座

っていたのである。コンピューターで足型を診断して、合うものを探してもらった。やはり、長さに比して幅の広い足であった。あっちの色がかわいいと思っても、足に合わなければあきらめるしかない。

「試着してみてください」

もっと簡単に履けると思っていたのだが、これがなかなか難しい。ゆるいのはだめだといわれていたが、履くのがこんなに大変だとは思わなかった。

「うーん」

と満身の力をこめて、履いたり脱いだりしていると、頭に血が上って、脳溢血《のういっけつ》になりそうだった。頭をくらくらさせながら、やっとオーストリア製のひと口にいうと紫色のに決めた。板は濃いめのピンク色。見ていると、

「どっひゃーっ」

といいたくなる、派手な色合いなのである。

「このくらいのほうがゲレンデではいいの」

友だちはいった。たしかに見ているうちに、スキー場でこれを身につけている自分の姿を思い描くと、だんだん胸が高鳴ってきた。

「それよりも、この靴を履いて、板をかついでリフトに乗らなきゃならないの。色がどうのこうのっていうよりもそっちのほうが現実問題として大変なのよ」

友だちがいった。その通りだった。靴を履いていると、自分が絶対に転ばない、起き上がり小法師《こぼし》になったような気になる。絶対に転ばないのはいいけれど、その前に歩けないのだ。

「いち、に、いち、に」

と気合いをいれなければ、脚が動かない。これでこの下に板がくっつき、斜めになって凍っている雪の上をすべるなんて想像できない。いったいスキー場にいって、私はどうなるのか。今から楽しみなような不安なような、複雑な気持ちが頭のなかに渦巻いているのである。

本を燃やす

子供のころ、うちでよく焚《た》き火《び》をやった。母親が落ち葉を掃いて集めているのを見ると、

「あっ、焚き火だ」

とうれしくなり、呼ばれもしないのに庭におりて、落ち葉を手で拾って、落ち葉の山をうずたかくするのを手伝ったものだった。自分の家の庭だけでは足りないような気がして、道路の上の落ち葉まで拾いに行き、

「汚いからやめなさい」

とよく母親に叱《しか》られた。とにかく、くすぶるだけのせこい焚き火は嫌だった。景気よく火がでなければ、うれしくなかったのである。

焚き火のなかにいれて焼いたさつま芋は、どういうわけだかとてもおいしかった。自分のさつま芋を決めて火のなかにほうり込み、火がおちたころ棒を突っ込んで、ごろごろと取り出す。いつも芋を取り出す役目をどっちがするかで、弟と私とでもめた。棒を取り合って焚き火の前で大騒動になり、二人でわめいているうちに、くすぶっている落ち葉を全

部散らばして、母親に大目玉をくらったこともある。ふだん、マッチをいじってはいけないと、火遊びを禁じられている私たちにとっては、おおっぴらに火をいじくることができる焚き火は、冬場のいちばんの遊びだったのである。

最近では、町中では焚き火もできなくなってしまった。広い敷地の家でも、庭で焚き火をしていると、近所の家から、

「洗濯物に灰がつく」

と文句をいわれるらしい。昔も焚き火をしていて、灰が飛ぶのは同じだったはずだが、文句が出たという話は聞いたことがない。住宅が密集しているからしょうがないとは思うけれど、今、焚き火はどちらかというと迷惑な代物《しろもの》になっているのである。

先日、友だちが持っている山荘に行って、また焚き火をやった。

「楽しいよねえ」

といいながら、みんなで枯れ枝を拾ってきて、ぼんぼん燃やした。ところが枯れ枝だけでは物足りなくなり、山荘にあった本も燃やすことになった。贈呈本、買った本、雑誌、山のように本が集まった。

「あー、こんな本もあったねえ」

ぱらぱらとめくりながら、どんどんくべる。

「この本、謹呈の紙が入っているけど、燃やしちゃっていいの」

とたずねると、

「いいの、いいの。面白くなかったから」

と事もなげにいわれる。なかには読まれることがないまま、燃やされる本もあった。私はそれを見て、

「何て楽しいのかしら」

と胸がわくわくしてきたのである。

ごみや雑誌は火にくべると、どんどん燃えてくずれるのだが、本は違う。なかなか燃えない。私にはそれが驚きだった。

「こんなことで燃えつきてなるものか」

という執着があるような気がした。外側が真っ黒くなっていても、棒で中を開いてみると、中のページはまだ真っ白く残っている。だから本を燃やすときは、こまめに棒でページをめくり、まんべんなく中に火が行き渡るようにしなければならない。私たちはそれを見ながら、

「まー、さすがに○○先生の御本は、しつこく燃え残っていますわ」

「ほらほら、この方のは性格と同じ！　やっぱりいじけた燃え方をしてるわ」

「あらあら、こっちは気前よく燃えてる」

「あー、これは燃え方も暗いわ」

などとめちゃくちゃなことをいいながら、本を棒でつつきまわすのだ。

本を捨てる人がいる。私は以前は、ごみ捨て場に本が捨ててあるのを見ると、本当に心が痛んだものだった。

「本を捨てるなんて何事か」

と怒りもこみあげてきた。ところが今は違う。本は消耗品で、いらなくなったら捨ててもいいんだと思うようになった。いらなくなった本は、きっちりと息の根をとめてやらねばならない。そのためには燃やして灰にするのがいちばんのような気がしてきたのである。

自分の本も燃やした。ものすごく気持ちがよかった。もったいないとか、あれだけがんばって書いたのに、などという気持ちは全くわかない。それよりも、

「よく燃えろ、もっと燃えろ」

と思うだけである。燃え方がぱっとしないと、何だかつまらない。燃え盛る火のなかで、すかっと灰になってくれると、

「そうだ、そうじゃなきゃいかん」

と自分の本をたたえたくなるのだ。それは便秘が治ったときのような爽快感《そうかいかん》である。私は自分の書いた本は大切にしない。増刷をすると版元が一部か二部、送ってくれるのだが、それは全部捨ててしまう。とってあるのは初版本の一冊だけである。手元に一冊ずつあれば、それで十分だからだ。

焚き火の喜びを知った私は、山荘に行くとなると段ボール箱に、自分の本を含めていらない本を詰め込む。そしてむこうでじゃんじゃん燃やす。そして長い竹串《ぐし》の先にマシュマロを刺して、本を燃やしている炎で軽くあぶり、

「うまい、うまい」

と食べるのが、最近の無上の喜びなのである。

第二章　猫だましの一発！

小錦の不思議

最近は相撲《すもう》ブームである。若い女の子たちが、若花田《わかはなだ》、貴花田《たかはなだ》はもとより、

「私は小城ノ花《おぎのはな》がいい」

「あら、貴闘力《たかとうりき》がいいわよ」

などといっている。相撲に興味のない私にとっては、ほとんど知らない相撲取りばっかりである。私はこんなにブームになっていても、いまひとつ相撲が好きになれない。自分が太目だから、太った男が嫌いなのである。太った女性を見ても何とも思わないのだが、男性はいけない。

「どうしてこんなになるまで、ほうっておいたんだ」

と意見したくなってくるのである。

「あーら、でも相撲取りは稽古《けいこ》をしているから、怠《なま》けてぶよぶよとわけが違うのよ。ちゃんと筋肉質で締まった、固太りなんだから」

相撲好きな友だちはそういうのだが、私はぶよぶよだろうと固太りであろうと、あんな

るにでかい奴等《やつら》は嫌いだ。ラグビーの選手だって好きになれないのに、あの上をいっているかと思うと、驚異すら感じるのである。体が肉のひだでできているような小錦《こにしき》も、固太りなのだろうか。婚約会見のときに、彼が単なるデブではなく、ものすごく頭がいい人だとわかって印象はよくなったものの、やはりあのひだひだの体は好きになれない。誰かの、

「裸なのに下半身がM・C・ハマーのズボンをはいたみたい」

という言葉どおり、内股《うちまた》にドレープが寄っているのが不気味である。

「相撲を取るのに、あんなに体中にひだひだである必要があるのだろうか」

という疑問が頭をもたげるのだ。

相撲がブームになったことで、肉体派の男性が流行になったともいわれている。私の見解でいうと、相撲取りの体は肉体派とは別の部類の、下世話な言葉でいうと「見世物」ではないかと思う。プロレスラーはそれなりに、かっこいいけれど、相撲取りだけは勘弁して欲しいのである。有名なディスコがある建物の上の階に、本場タイ式ボクシングのリングを設けたところ、連日、派手系のお姉ちゃんたちが、ビール片手に試合を見ながら騒いでいるらしい。彼女たちは、

「やっぱし、ヤワな男はだめよね」

とか、

「男は強くなくちゃ」

などと傲慢《ごうまん》な顔をして、いい放っていた。彼女たちはきっと二、三年前までは、「男は優しくて、お金を持っていて、ブランドもののスーツをすっと着こなして、外車に乗っていなくちゃいやん」

などといっていたタイプに違いない。それがころっと態度を変えて、今度は肉体派の男たちへと鞍替《くらが》えしてきたのである。いい加減、自分のいいなりになる男とつきあって、飽きてきたら次は違うタイプへとにじり寄っていく。それが個人の純粋の趣味ならまだしも、ブームになってしまうのが、昨今の女の子たちの恐ろしいところである。過去には、時代ごとにもてはやされる女性のタイプが違っていたということもあったから、現代はそれが逆になっているというふうにもいえる。男性が観賞される側になったということでもあるのだろうが、あんなに女の子たちの好みがころころ変わると、私みたいなおばさんは、

「えっ、なんで」

とうろたえてしまうのである。

あのでっかい耳輪や腕輪を身につけた、お飾りだらけの女の子たちは、本当にあの太った相撲取りが好きなんだろうか。親戚《しんせき》はじめ、一族郎党の生活を背中に背負って、ファイト・マネーのために試合をする、ボクサーが好きなのだろうか。結局、彼女たちは、

「優しい人には飽きたから、強い人のほうがいいわ」

「いいなりになるのじゃなくて、強引なほうが男らしい」

「やせてスマートなのよりも、がっちりしているほうがいいわ」

と気紛《きまぐ》れで物をいっていたり、相撲やボクシングを見ているのにすぎない。おまけにそれが流行だと小耳に挟むと、それに追従するばか娘がいるから、得体のしれないブームとやらになってしまうのである。

私の予想では、相撲ブームはいいとこ、あと一、二年だと思っている。若花田、貴花田のどちらかに、女性の影がちらついたとたんに、きっと彼女たちは、まるで潮がひくようにさーっと相撲取りの周辺からいなくなってしまうはずである。

「あんなに女の子がたくさんいたのに……」

と呆然《ぼうぜん》とする相撲取りの姿が目に見えるようである。私は彼らのことは嫌いではあるが、気紛れで傲慢な女の子たちに、弄《もてあそ》ばれているかと思うと、なんとなく不憫《ふびん》になってくるのである。

男性パーマは危険な香り

最近の若い男性のヘアスタイルは、本当にお洒落《しゃれ》になった。江口洋介風の長髪あり、さらさら髪の吉田栄作《よしだえいさく》風あり、L. L BROTHERS風あり、さまざまである。私が若いころに周囲に存在していた、むさくるしいお兄ちゃんとは大違いなのだ。かつての日本では、未婚の男性のほとんどが、フケ性ではないかと思われるくらい、肩にフケをためている奴が多かったが、近頃は年配の人のほうがフケをためている。私は若い男性が肩にフケをためている姿など、ここ何年か見たことがない。きっと彼らにすれば、そんな姿を他人に見られるのは、死んでしまいたいくらい、恥ずかしいことなのだろう。

女性と同じように、男性もみだしなみを整え、月に一回は美容院に行く。そんな生活をするようになって、私がふと思うのは、女性が今まで美容院に行って起きた、

「カット、および、パーマの失敗」

が、若い男性にも起きているのではないかということなのである。

先日、私の知り合いの既婚の女性が、生まれて初めてパーマをかけた。ずっとストレー

トのロングヘアを続けていたのだが、四十歳を過ぎて白髪もまじりはじめ、子供の世話に追われて、長い髪をもてあまし気味だったので、すっぱりとカットしたついでに、パーマもかけてしまおうとしたのである。ファッション関係の仕事をしているご主人が、

「パーマをかけても似合わないから、いっそストレートのまま、ショートにしたらいいんじゃないか」

とアドバイスしたが、彼女はがんとしてそれを聞き入れようとしなかった。どんなに彼が、

「やめたほうがいいよ」

といっても、パーマをかけるといって、聞かないのであった。

「私、古手川祐子《こてがわゆうこ》みたいにするの」

といい張る彼女に、

「じゃ、勝手にすれば」

とご主人はいい、彼女は美容院へとむかったのである。二時間後、帰ってきた妻の頭を見て、ご主人はびっくり仰天した。古手川祐子どころか、玄関に立っていたのは、篠山紀信《しのやまきしん》だったからである。

「あれだけ、おれがいったじゃないか」

という声もうつろに響き、それ以来、夫婦の会話はあまりないそうである。

若い男性が美容院に行くのが、当たり前になっている今、こういうことは十分にありうる。私が学生のころを思いだすと、男性がパーマをかけるのは、就職したときとか、大学に入学したときがほとんどだった。それも、

「男のくせにパーマをかけるなんて」

という風潮であったから、パーマをかける人も、ごくごく少数だった。だいたい彼らは週末にパーマをかけた。万が一、失敗しても日曜日があれば、自分で何とかごまかせるとふんでいるからである。しかし技術もまだまだだった当時は、パーマをかけた男の子たちは、一度はみんなの笑いものになるのを、覚悟しなければならなかった。なかでもいちばん多かったのが、前髪ががっちりとかたまってしまい、まるで岩石のようになってしまった状態であった。半かつらがおでこにくっついているといったほうが、わかり易《やす》いかもしれない。それよりもっとパーマがかかってしまうと、前髪はちりちりになって、林家三平《はやしやさんぺい》状態になった。そしてそれがもっと強烈にかかってしまうと大仏になったのである。

このように男性のパーマは、いつも危険と隣り合わせになっていて、かっこよくなるか、みんなの笑いものになるか、どちらかを選択しなければならなかった。しかし多くの男性は、パーマをかけるほうを選択して、自ら墓穴を掘っていたのである。

あれだけ若い男性のヘアスタイルが多様化すると、それに伴って、美容院での悲惨な出来事が露呈《ろてい》するはずであるが、私の周辺では残念ながら聞いたことがない。女性の場合、

さきほどの話ではないが、古手川祐子になるはずが、篠山紀信になってしまったり、小泉今日子になるはずが、単なる雌《めす》カッパになったりと、悲惨な例をあげるときりがない。かくいう私も、モデルの山口小夜子のようになるはずが、ワカメちゃんになったことがある。男性の場合も、織田裕二《おだゆうじ》になるはずが細川たかしになってしまったとか、石橋凌《いしばしりよう》になるはずが林家ぺーになってしまった、とかいう話がきっとあるはずであるが、男性はプライドが高いのか、そういうことは一切、口に出さない。どんなに失敗しても、

「こういうふうにやってくれとたのんだ」

と意地を張るのだ。

私は「こんなはずじゃなかった」という話を、聞きたいと思っているのだが、この件に関しては、いまひとつ男性の対応に不満を持っているのである。

図書館で「んががー」

私は本を買うのが好きだ。新刊本を見ると、すぐ読む予定もないのに、つい買ってしまうし、古本屋でも欲しかった本があると、迷わずにすぐ買う。絶版本のなかには高い値段がつけられている物もあるが、法外な値段でない限り、自分の欲しい本は買わないと気がすまないのである。そんなことをやっていた結果、私のアパートには本があふれてしまった。はみだし分は、実家に預かってもらってるのだが、そこでひとりで暮らしている母親も、次々に届く本の山にうんざりしたらしく、

「あんたの本のために、ひと部屋あけているなんてもったいない。この部屋には桐簞笥《きりだんす》を置きたいのだから、何とかしろ」

という。しかしまた私の所に戻ってきたら、本の山の上で寝るしかないのだ。

実家の状況もあまりかんばしくないので、最近は本を増やすのを自粛《じしゅく》しようと、図書館を利用することが多くなった。税金を払っている分は、公共の施設をとことん使わせてもらおうという、魂胆《こんたん》である。図書館はなかなかいいものだ。まず書店の棚にない本がたく

さんある。特に借りる予定がなくても、図書館の書棚を隅から隅まで眺めているだけで、

「ああ、こんな本もあったのか」

と気づかされる。ふだん、近所の書店では見かけることのない本が手にとれるだけでも、図書館に行った甲斐《かい》があるというものである。しーんとした図書館で、本をじっと眺めていると心が落ち着く。しかし、そんな私の安らかな気持ちをふみにじる奴が図書館に出没することもあり、そのたびに、むかっとするのだ。

たまたま午後四時ごろに行くと、高校生の女の子のグループに悩まされる。二、三人でかたまっては、ああだ、こうだとしゃべりながら、書道の本を眺めていたりする。何を一所懸命に喋《しゃべ》っているんだろうと、すり寄っていって耳をダンボ状態にしてみると、江口洋介や、鈴木保奈美《ほなみ》がどうしたこうしたという、書道とは全然関係ない話をしている。そしてあげくの果ては、

「きゃはは」

と明るい声で高らかに笑ったかと思うと、コピー機に寄りかかって、

「あの先公ったら頭にくるよね」

などという始末である。

（誰か注意する人間はいないのか！）

自分では注意をしたくないが、誰かが注意することを期待している私は、周囲をきょろ

きょろ見渡してみるが、誰も注意をする気配がない。彼女たちが出ていくまで、しーんとした図書館に、笑い声が響き渡るのだ。

下校時にぶつかると、そういったたぐいの女の子たちが来るので、次に私は午後一時ごろに図書館に行ってみた。うるさい女学生はまだ学校にいるから、静かな時間が過ごせると思ったのである。ところが図書館には、また新たな私の敵がいた。それは図書館で惰眠《だみん》をむさぼっている、おやじたちであった。日当たりがよくて明るい場所に椅子《いす》が置かれ、そこにはさんさんと暖かい陽《ひ》が差している。そこの椅子を占領して、眠っているおやじたちの多いこと。本のページをめくっているうちに、うつらうつらしてしまったというのならまだ分かる。しかしそのおやじたちは百パーセントといっていいくらい、本を手にしていない。ただ寝ているだけなのだ。それも静かに寝ているのならまだしも、

「んががー」

と豪快ないびきまでかいているのだ。

会社を定年退職して、悠々自適の毎日を送っているような年齢である。身なりだって粗末ではない。そのおやじたちが、ただ眠るために図書館にやってきて、数少ない椅子を占領し、惰眠を貪《むさぼ》っている。もちろん図書館は使用料はタダだし、冷暖房完備である。昼寝をするには最適だが、よくもいい歳《とし》をした大人が、あんなことができると、私は彼らの姿を見るたびにいつも呆《あき》れ返るのである。

「家で寝ろ、家で」

といってやりたくなるが、やっぱり私は面と向かっては言えない。図書館で働いている人が姿をみせると、

「あのおやじ、ただ寝てるだけだから、追い出して下さいよ。お願いしますよ」

と念波を送ってみるのだが、今まで気がついてもらったことはない。話によるとやはりおやじたちの姿を見て怒った人が、係の人に、

「ああいう人は、図書館から出ていってもらったほうがいいんじゃないか」

と直訴したら、

「追い出すことはできません」

と言われたそうである。彼らが寝ていると、勉強をしたいと思っている人が座れない。自分がそうしていることで、どれだけ迷惑をかけているかが分からない。おやじたちの気持ちが情けない。私は図書館に行くたびに、惰眠おやじたちの姿を目撃しては、胸くそ悪い思いをしているのである。

カラオケ開眼

第三次カラオケ・ブームだそうである。今まで「カラオケをやる奴《やつ》は人間じゃない」と思っていた私も、カラオケ・ボックスという、他人を気にしなくていい閉鎖的空間ができたおかげで、遅まきながらカラオケに仲間入りした。なぜカラオケが嫌いだったかというと、それまでに遭遇したカラオケおやじたちが嫌いだったからである。

おやじたちは、カラオケ・スナックで女性客を見ると、

「ねえちゃん、おじさんとデュエットしない」

と酒臭い息を吹きかけながらすり寄ってきた。お酒が飲めない私は、会社の人たちに誘われてそういう場所に行くのも、気がすすまなかったうえ、見ず知らずのおやじたちにそんなことをいわれても、うなずくわけにはいかなかった。そのおやじたちはデュエットしながら、スキを見て、

「女の子の体に、触れるだけ触ったれ」

と思っているような奴らばかりであった。同席している会社の同僚に救いを求めても、

このような場所では、別にデュエットしても暴行されるわけじゃないんだから、多少のことは我慢しろといわれた。それでもこんなおやじとは歌いたくないから必死に断ると、そのおやじは、

「ふん、お高くとまりやがって。だから働く女は嫌なんだ」

などとぶつくさいいながら去っていった。そんな彼らの姿を見るたびに、

「こんな所に来るんじゃなかった。カラオケってああいう人たちが歌うのね」

とあきれかえり、自分は絶対にカラオケを歌うまいと心に決めていた。今から思えばカラオケが嫌いなのではなく、カラオケをとりまく状況が嫌いだったのである。

ところが他人のことなど気にせず、仲のいい友だちと、月に一回くらい、カラオケ・ボックスで楽しむことを知った私は、自分でも驚くくらいカラオケにのめりこんでいった。

最近のはやっている歌なんか知らないから、CDを借りてきて聞くようにもなった。若い人から、カラオケだけのテープがあると教えてもらえば、それも買って部屋でこっそり練習したりした。最初は何がなんだかわからない曲も、何度か聞いているうちにだんだん霧が晴れるように全貌《ぜんぼう》がつかめてくる。そして歌詞を覚えて歌えるようになったら、こんどはカラオケのテープに合わせて、本当に歌えるかどうか確かめてみる。しかしそうやってみると、自分がいかにへたくそかがわかって、愕然《がくぜん》とするのである。ここでめげてはいけないと自分自身を叱咤《しった》し、何度も失望しながらやっと歌えるようになったときは、うれし

いものだ。ボックスでご披露《ひろう》すると、友だちに、「それいいよ」と励ましてもらったり、「やめたほうがいいんじゃない」といってもらえる。これもまたいいのである。歌の進歩はカラオケ・ボックスに、一緒に行く友だちなしには、ありえないといってもいいくらいなのである。

ところが、先日、テレビを見ていたら、若者のカラオケ・ボックスのなかでの行動を隠しカメラで撮って、ああだ、こうだと何人かの男性たちが批評していた。カラオケ好きの作家や作曲家の人たちは、別に彼らは変ではないと肯定的だったのだが、評論家という肩書きの男性は(私が聞いたこともない名前の人だったが)、あれはおかしいと非難していた。ああいう閉鎖的な場所にいて、そのうえ人の歌など聞いていない姿はなげかわしい、ゆゆしき問題だと真顔で話す精神科医のコメントも流していた。レポーターの男性も、自分の嫌な人間関係から逃避するのは問題だとしたり顔で話していた。そして評論家とやらは、

「僕が学生のころは、女の子と一緒にいたら、すぐ、くどいたものだった。それがカラオケ・ボックスにいる男女は、そういう気配がない。コンパでも男女が仲よくカラオケにいって、歌を歌うだけだそうだが、そんな情けないことをやっているなんて信じられない」と息巻いているのである。私は画面を見ながら、

「そういうおまえのほうが、もっと変だ」

といってやりたくなった。そんな奴がボックスにいたら、嫌われ者になるのは必至だろう。そりゃあ、たったひとりでじとーっと歌を歌っているのは問題が多いが、カラオケ・ボックスで、一緒に歌を歌いたくなる男性のほうが、女の子をすぐ口説くタイプよりも好ましいように思える。私がかつてカラオケに対して否定的だったように、今でもカラオケ人間に対する風当たりは強いようだ。だけど今の私はカラオケ・ボックスに出入りする人の味方である。他人に何といわれようと、やりたいようにやればいい。したり顔でコメントをする奴らのことは無視して、また来月もボックスに行って、覚えた新曲を歌おうと楽しみにしている私なのである。

求ム、素人珍答

私は子供のときから、テレビ番組のなかで、お笑いとクイズが好きだった。お笑い番組はもちろんであるが、クイズ番組も私にとっては、ある意味でお笑い番組だったのである。予選を勝ち抜いた、そこそこの実力者が出てくるから、「すごい」と驚くことも多かったが、その反面、あがりにあがって、「英語で、背広という意味の正しい単語は何というか」という問いに、「せびろー」などといった珍答を出す人もいたりして、私はテレビの前で大笑いをしていたのである。

ところが今のテレビのクイズ番組を見ていると、だんだん腹が立ってくる。あまりに難しすぎて、何がなんだかさっぱりわからないからである。史上最強のクイズ王を決めるためには、あれくらいの問題でなくては、だめなのかもしれないが、とにかく素人《しろうと》のこちらにとっては、何が正しいんだか間違っているんだか、わけがわからない。ひどいときなんか、質問の内容すら、よく把握《はあく》できないことがあるのだ。

「あの人、よくあんなことを知っているな」

と感心はするけれど、ただそれだけ。自分が不完全燃焼なのがわかるから、いまひとつ面白くない。テレビの前から参加できる隙間《すきま》が、全くない番組になってしまったからである。簡単なことを間違えるお茶目さが、参加者にはない。放送されれば見るけれど、真剣勝負でクイズをやる方式が、いまひとつ私には気にくわないのである。

知識を競うのならば、「カルトQ」くらいのことをやってくれればいいのだ。これは専門馬鹿《ばか》むきのクイズ番組であるから、自分ができなくても、まだ納得できる部分がある。

「こんなこと知っていて、何の役に立つんだよ」

自分は何も知らないが、くやしまぎれに馬鹿にもできる。のっけから参加しようとは思っていないから、気楽に見ていられるのである。

ところがこの番組で、「最近文学」というテーマでクイズが行われたことがある。今までこの番組を見ていても、ひとつとして私が知っているジャンルが出てくることはなかった。しかし、「最近文学」なら、少しは専門馬鹿の仲間入りができるのではないかとふんで、私は画面の前に釘付《くぎづ》けになった。しかし答えられたのは、たったの二問。

「高橋源一郎《げんいちろう》著、『ペンギン村に陽は落ちて』で、最初に登場するキャラクターは何？」

答え「にこちゃん大王」

「清水義範《よしのり》が書いた一連の小説は、何と呼ばれているか」

答え「パスティーシュ・ノベル」

これだけである。私は本を読むのは好きだが、渡辺淳一《わたなべじゅんいち》の『うたかた』の上下の定価はいくらかとか、本の帯を見て作者と書名をいえとかいわれても、全くわからなかったのだ。そんなものは序の口で、本の第一行目を朗読し、作家名と書名をあてたり、村上春樹《はるき》の小説に出てくる曲をメドレーで聞かせて、その小説が何かを答えるとなると、私は彼の本は全部読んでいるが、まさに、「こりゃなんだ」状態で、呆然《ぼうぜん》とした。そしてそんな難問を次々に答えていく解答者が、だんだん憎たらしくなり、

「こんなこと知ってる奴なんか、本当の本好きじゃないぞ」

と毒づいてうさをはらしていたのであった。

このクイズにも予選があり、彼らは自信があるからこそ、やってきたのだろうが、どういう基準で、「私は最近文学はわかる」と思ったのだろうか。もしも私が予選会にいったら、さんざんな成績だったに違いない。あれだけ微《び》に入《い》り細《さい》に入り、答えちゃうんだから、本好きとはちょっと違う何かが、彼らにあるのだろう。そんな、どうでもいい信じられない人が出てくるので、この番組はあなどれないのである。

素人のクイズ番組が、知識追求の一途《いっと》を辿《たど》る一方で、芸能人が出演するクイズ番組はその反対方向にむかっている。テレビの「平成教育委員会」で出る問題は、小学生や中学生用と、その応用だが、小学生が解く問題に大人が四苦八苦するところに面白さがある。かつてのクイズ番組で、素人が大ボケをかましていた役目を、今は芸能人が果たしているの

だ。それは渡嘉敷勝男《とかしきかつお》であったり、岡本夏生《なつき》だったりするのだが、視聴者はそれを見て、「ばかだねえ」と喜ぶ。「あの人、あんなこともわからないの。偉そうなことをいってるのに」とか、「馬鹿だと思ってたけど、やっぱり馬鹿ね」と溜飲《りゅういん》を下げられる。出演者には気の毒だが、クイズ番組の解答者は、視聴者に小馬鹿にされる要素がないとだめなのだ。

最近は出演者がわざと馬鹿を装《よそお》うようになって、しらけることも多くなった。以前のように、ど素人が作為的ではない珍答を、次々にかましてくれるクイズ番組が、また見たい。

ぶりっこおやじ

最近、おじさんといわれる中年以上の男性と、いろいろな場所で接してみると、彼らはおばさんよりも、質《たち》が悪いんじゃないかと感じることが多くなった。おばさんのいちばんの問題点である、集団でぎゃあぎゃあとわめき散らす部分はおじさんにはないが、そのかわり、彼らが集団でいると、陰にこもった妙な力が周囲に発生するのである。

出席者の九割が、おじさんのパーティに行くことになったときのことだ。入り口から会場まで、長い通路を歩いていったのだが、そこにいるおじさんたちの態度が、あまりにすさまじいので、びっくりしたのだ。とにかく彼らもおばさんと同じように、周囲に気配りをする感覚を持ち合わせていない。ただ前に一秒でも進むことしか考えておらず、早く行けと言わんばかりに、せり出た太鼓腹でぐいぐいと前の人の腰を押すのだ。それも遠く前方を見たまま、腹を使ってぐいぐいと人を押しのけていこうとする。ふつうに歩いていたって、そのうち会場に到着するのに、押して前の人たちがつまずくことなんか考えもしない。そして押されたほうのおやじも、自分がやられた腹いせを前の人にぶつけ、ぐいぐいとまた腹で押す。不気味なおやじの集団は、ただぐいぐいと前の人を腹で押して前進していく。そのなかにまぎれこんだ私は最悪であった。あまりにひどいから、振り返ってにらみつけても、おやじの目線ははるか前方を凝視していて、私の怒りの目線と合うわけもない。おばさんだと、

「そーでござーますわね」

と、とってつけたようなお上品な会話をかわしながら、表面上だけでもなごやかな雰囲気になるのだろうが、おやじたちにはそんな協調性などないから、ただ黙々と歩幅二十センチで、レミングみたいに歩いていったのだった。

歳《とし》はとっても、おばさんは一応、女性だから、おやじよりは華やかである。こってりの厚化粧や鼻がまがるくらいに香水をつけていて、はた迷惑だったとしても、身につけている物を見て、

「あのおばさん、趣味が悪いわね」

などと言って、楽しむこともできる。しかし、おやじたちはみな、グレーか紺色のスーツ姿で、悪口をいう楽しみもない。そのうえ会場に入ったら入ったで、背中を丸めてがつがつとテーブルの上の料理をかきこむ。それを見た私は、社会的に地位もある彼らの姿に、心底げんなりしたのである。

そのようなおじさんたちは、他の人にどう見られようと、気にもかけない人たちだ。そ

れとは反対に、特に女性に対してだけ、気をつかうおやじがいる。私はそういうタイプを「ぶりっこおやじ」と名付けている。彼らは最初に会ったときの印象はいいが、何度も顔を合わせているうちに、化けの皮が剝《は》がれてくるのが常である。

あるとき私は、知り合いのおじさんに食事に誘われた。二人だけではなく、共通の知り合いにも声をかけて、総勢六人でということになったのだが、集まってみると五人は女性で、男性は彼ひとりだけだった。彼が場所から人選からすべてをセッティングしたのだから、そうなることは分かっていたくせに、いざ食事を始めると、彼はしきりに、

「いやあ、恥ずかしいなあ、恥ずかしいなあ」

を連発して、照れているのである。偶然そこに彼女たちが現れたのなら分かるが、自分がセッティングしておいて、恥ずかしいもへったくれもないだろうと思っていた。しかし女性五人に囲まれて、急に恥ずかしくなったのかもしれないと、彼のとった態度を好意的に受けとろうとしたのである。そして数か月後、同じようなことが起こった。彼がセッティングするというので、まかせていたら、また女性四人に彼がひとりという状況になっていた。すると彼はこの間のように、

「恥ずかしい、恥ずかしい。こういうのは苦手だ」

と言いながら、体をくねくねとし始めたのだ。自分で女の中に男が一人状態にしたにもかかわらずだ。それを見て私は、彼が「ぶりっこおやじ」であることを見抜いてしまった。

きっと彼は、おじさんは図々《ずうずう》しくて嫌だという女性の話を耳にして、おじさんは女性の前ではかわいらしくあるべきなのだと、勘違いしているみたいなのである。私はあきれかえって、ただ見ているだけだったのであるが、さすが、今の若い女性ははっきりものを言う。くねくねと恥ずかしそうな素振《そぶ》りをしてみせる彼に向かって怒鳴りつけた。

「何やってるんですか。気持ち悪い。嫌ならさっさと帰ればいいじゃない！」

するとそのおやじは見る間に、しゅーんとしてしまい、まるで置き物の猿のように、ちょこんと椅子《いす》の上に座ったまま、固まってしまった。そして私は、「ぶりっこおやじ」の天敵は、はっきりものを言う若い女性であることも認識したのである。

水着でお掃除

この間、新聞やテレビで、都内の某プールの掃除を、その会社の女性社員が水着でやったというニュースを報じていた。

「どうしてこんなことを、流さなきゃならないのか」

と首をかしげたのであるが、だいたいどこのプールでも、プール開きの前に掃除をするのは当たり前である。テレビや新聞を通じて、

「プールの掃除をしました」

と公言するほどのものでもない。ところが今年はわざわざマスコミが、プール掃除を取材に行っている。もちろんこれは「女性社員が水着になった」というのが重要なネタになっているわけであるが、そんな下らないことを思いついたのは、どんな奴《やつ》なのだろうと、私はあれこれ想像したのであった。

その会社では、これまでは、プールを掃除し続けて三十年といった業者のおじさんや、アルバイトの男子学生が、

第二章　猫だましの一発！

「あー、かったるい」

といいながら掃除に精を出していたのだろう。大手の遊園地などでは、プール開きにはアトラクションも準備していたりして、お祭り気分を演出することもできる。しかしその会社には予算がない。だけどプールの存在をアピールしたい。その結果が「水着姿の女性社員のプール掃除」というのは、あまりに安直であきれかえる半面、

「ばかだねえ」

と小馬鹿にして笑いたくなってくるのである。きっと宣伝担当者は、

「今年はやるぞ」

と気合いをいれたにちがいない。しかしプールを掃除するならば、男性社員も水着になってやればいいのである。Tバックの水泳パンツでもはいて、せっせと掃除をやる姿を見たら、テレビを見ていた女性が、

「行ってみようかしら」

という気にならないとも限らない。それを喜ぶ男性だっている。しかし水着になったのは若い女性だけ。このイベントを考えた人の頭の中には、「若い女性の水着姿をとそれを見つめる男性の姿」しかない。プールには女性客が来ることなど、ほとんど考えていないのである。異様に視野が狭いというか、自分の趣味を前面に出したというか、若い女性の水着姿で男性の関心を引こうという、あまりに滑稽でお間抜けな、その人の脳細胞のしくみ

までわかってしまって、私は、

「これはかえって、あまりお利口ではない、会社の恥さらしではないか」

と思ったのである。

いったい、どのようにして、社内の女子社員に、「水着になってくれ」とたのんだのだろう。人事部と相談して、

「あの子はなかなか胸が大きくていいですよ」

とか、

「あの子は一度、水着にさせてみたいんですけどね」

などと言って、おじさんたちがほくそ笑みながら、社員を選んだのだろうか。それとも、すべて下手に出て、

「お願いします。もし水着になってもいいという人がいたら、協力してください」

とひたすら低姿勢になって、女性の意思にまかせたのだろうか。そのへんはどうだかわからないが、どちらにせよ、取材陣だけではなく、社内の男性社員にとっても、楽しいイベントだったことには間違いないのである。

それぞれ思い思いの水着を着て、デッキブラシでプールの床をこすっている彼女たちの姿を見ながら、ふだん女性差別だの何だのと言っている女性団体が増えている一方で、未《いま》だにこんなことを思いつく人がいるんだなあと不思議な気持ちになっていた。レース・ク

イーンがハイレグでやるよりも、AV女優が下着姿でやるよりも、ふつうの女性社員が水着姿で掃除をしているほうがよっぽど淫靡《いんび》な雰囲気だった。女性差別撤廃運動を推進している、女性たちの言い分もわからないではないが、少々エキセントリックでついていけない部分も多い。その半面、無神経な男性が多いのも事実である。どうして若い男性社員にもやらせなかったのかとたずねたら、きっと、

「誰が男の水着姿なんか見るか」

という答えが返ってくるはずである。そこがそういった男性たちの考えの浅いところであるが、テレビに映っている水着姿の女性たちは、みんなうれしそうにデッキブラシを動かしていた。嫌々やっているふうには見受けられない。

「私の水着姿が放送されちゃうなんて、いやん」

という素振りを見せつつも、どことなく自分の体に対する自信をちらつかせていた。このニュースは私にしてみれば、情けないことこの上ないものであったが、やらせたい人とやりたい人がいれば、それでいいのかもしれない。こんな調子では女性差別撤廃運動にがんばっている方々の前途は多難なことだろう。

裸のトド

中年になると、突然、スポーツをやりはじめる人が出てくる。学生時代に運動をやったことがない人までも、まるで何かに憑《つ》かれたように、スポーツクラブに入会したりする。そのきっかけは、中年太りがはじまったので、その歯止めのためにやるのがほとんどなのであるが、多くの場合、後でビールを飲んだりたらふく食べたりするものだから、全く効果がないといっていい。私はスポーツクラブに入会する気はないが、水泳にはちょっと興味がある。しかし水着になることを考えると、どうしても躊躇《ちゅうちょ》してしまう。世間の皆様にはご迷惑をかけたくないと思うのである。私よりも年上で、最近、水泳を始めた女性は、

「あーら、平気よ」

と水着になることを屁《へ》とも思っていないようだ。

「トドだってイルカだって、裸で泳いでいるんだから、気にすることないわよ」

そういわれればそうだが、私はトドでもイルカでもない。ヒトのメスである。風呂《ふろ》あがりの鏡に映った自分の姿を見ると、とてもじゃないけど、水着は着られない。以来、彼女

から、一緒に泳ごうと誘われるのだが、自分をトドだとわりきれない私は、未だに、

「うーむ」

とうなってごまかしているのだ。

だいたい、いちばんいけないのは、ハイレグの水着が巷《ちまた》に出現してから、あっという間に水着はハイレグ一辺倒になって、ローレグの水着がなくなってしまったことだ。たしかにローレグはかっこ悪いが、あのほうがいい人間もいるのに、どこにいってもハイレグの水着しかない。たまに「あった」と思って手にとると、小学生用のスクール水着だったりして、とうてい私には着られないのである。

「恥ずかしかったら、ハイレグでむきだしになった部分を、水着と同じ色で塗っちゃえば」

などという人もいるが、コントじゃないんだから、そんなこともできない。ともかくハイレグ水着撲滅《ぼくめつ》をめざしている私は、あのローレグがまた登場するまで、水泳はおあずけにしようと思っているのだ。

ハイレグの水着はエッチであると、私は信じていた。どうしてあんなに切れ込みが深い必要があるんだろうともあきれていた。たしかに男性には、うひひといいたくなるようなものなのかもしれないが、無理やり足を長く見せようとしているのが、情けないような気がしていた。特に許せないのはレース・クイーンのハイレグで、水着の下にストッキング

を履いているのを見ると、自分の股間《こかん》までかゆくなりそうだった。

「そこまでして、ハイレグがはきたいか！」

といつも私は怒っていたのである。

ところがバルセロナ・オリンピックの前にある雑誌で、日本の水泳選手が着用する水着を、モデルが着ているのを見た。それは想像以上に切れ込んだハイレグで、私は驚いた覚えがある。体自慢の若い女性がにっこり笑って着ているハイレグの角度と大差ない。しかし試合で選手がその水着を着ているのを見ても、ちっともいやらしくない。モデルの女性が着ているのを見ると、切れ込みの深さにばかり目がいくのだが、選手の場合は腰から太ももにかけての筋肉がちゃんとついているので、ハイレグにはみえないのだ。それどころかあの体つきには、あのくらいのカットがまさにぴったりという感じで、エッチな感じは全くなかった。というよりも、鍛えた体の美しさがきわだって見えたのである。

厚化粧で、体も鍛えていないただ細いだけの女性が着ているのと、鍛えた体の水泳選手が着ているのと、同じ水着なのにこの印象の違い。いかにもスポーツをしそうにない女性の体が着るハイレグ。そのアンバランスが男性を欲情させるような気がする。しかしまるで自分の皮膚のように、毎日、ハイレグの水着を着て、運動している選手たちが着ると、いっきにそのハイレグの水着は、かっこいい水着に変わってしまう。モデルの女性と水泳選手が、同じ水着を着て立っていたとする。どちらにエッチな雰囲気を感じるかといったら、明らかにモデルのほうだ。きちっと鍛えられた筋肉が美しい体には、ハイレグは似合いすぎて、エッチもなにもない。ハイレグを圧倒する肉体を持っているというわけなのだ。そんなことに気がついても、結局、私はハイレグを着る勇気はますますなくなった。スタイルだけがいい女性は、エッチな雰囲気をふりまいて着ればいいし、鍛えた体の人は堂々と着ればいい。だけどゆるんだ肉をもてあましている中年はどうしたらいいんだろうか。脳味噌《のうみそ》がとけるくらいジョギングして、体をしめたあと、水着を着るしかないのだろうか。そんなことしていたら、私がばあさんになるのは間違いない。オリンピックの水泳選手を見たおかげで、私はずりずりと水泳から遠ざかっていきそうな気がするのである。

第三章　月日の数だけ恋してる

猫は教科書

好きなものは何かといわれて、真っ先に思い浮かぶのは猫である。それもペルシャ猫みたいな洋風の長毛種ではなく、横丁を走り回っているような、短毛の駄猫がいちばん好きなのだ。私は、猫好きではなかった。何を考えているかわからないし、人間には尻尾《しっぽ》を振らないし、何だかとってもずるい動物のような気がしていた。その点、犬はとてもわかりやすい動物で、どちらかというと、犬のほうがかわいいと思っていたのだ。しかしたまたま私の実家に、母猫が子猫を連れて居すわったのをきっかけとして、私と猫たちの生活が始まったのである。

普通、猫の家族を飼うことはあまりない。複数の猫を飼っていても、捨て猫を次々に拾ってきたりして、猫同士が血縁というケースは少ないようだ。しかしうちの場合は、猫が親子でやってきたために、人間対猫の関係だけでなく、猫の親子対人間の親子という関係もできあがっていったのである。そんななかでいちばん気を遣っていたのは、母猫であった。トラと名づけたその母猫は、傍《はた》で見ていて涙がでるくらい健気《けなげ》で、子猫のしつけもきちんとやってくれた。子猫は餌《えさ》をやっても、皿の上からひきずりだして、床の上で食べようとする。いくら皿の下に新聞紙を敷いてやっても、どういうわけだか床の上で食べたがるのだ。

「汚れるからだめ。お皿の上で食べなさい」

そういうと、トラはこちらを上目づかいで見ながら、

「ふにゃー」

と鳴いた。心なしか肩を落とし、

「どうもすみません」

といっているかのようなのである。しかし子猫はトラの気持ちなど理解しようとせず、相変わらず餌を皿の上からひきずりだそうとする。するとトラが今まで聞いたことがない、ぐるぐるという鳴き声を出して、子猫につめよっていった。その声をきいたとたん、子猫は首をすくめて、しゅんとおとなしくなるのだが、またしばらくすると、そろそろと餌をひきずりだす。するとまたトラが叱《しか》る。それでもいうことをきかないときは、

「にゃん」

と鋭い声を出して、一喝するのだ。それでもいうことをきかないときは、最後の手段としてトラは子猫に手をだした。それは本当に、ぽかっと音がする強烈なパンチで、子猫の脳天に炸裂《さくれつ》した。猫とはいいながら、トラは体罰を加えてまで、飼い主のいうことをきく

ようにしようとしたのである。そんなことをして、子供が憎いのかといったらそうではなく、食事のあとに、ふと猫たちのほうを見ると、トラが子猫を両前足でぎゅっと抱きしめて、体じゅうを舐《な》めてやっている。子猫は足をばたばたさせながら、ふにゃふにゃと鳴いていた。そしてそのうち子猫は、トラに抱っこされたような姿で寝てしまうのだった。

この姿を見た私の母は、トラはえらいわねえとため息をつき、あれだけきちんとしつけをする人間の親がどれだけいるだろうか、ともいっていた。うちの猫はペットという愛玩《あいがん》物《ぶつ》ではなく、猫の世界を教えてくれる、生きた教科書だった。彼らの行動を見て、人間が見習わなければと、反省した部分も数多くある。今ではどの猫も亡《な》くなってしまったけれど、彼らの姿を忘れることはない。鮭《さけ》の切り身を焼きながら、

「これはトラたちの大好物だったなあ」

と感傷にひたってしまうこともある。猫の賢い部分も間抜けた部分も、全部、いい思い出になっている。だけどトラが亡くなる前、私たちに最後の挨拶《あいさつ》にきた姿を思い出すと、どこにいようと涙がじわっと出てくるのが困りものなのだ。たまに猫がいればいいと思ったりするけれど、彼らと暮らしていると、仕事をする気など、絶対に失《う》せてしまうのがわかっているので、心を鬼にして近所の猫に愛想をふりまくだけにとどめているのである。

人生最後の食事

私は御飯が好きだ。先日、ある男性と話をしていたら、彼が、

「人生の最後の食事として何を食べたい？」

と聞いた。

「そうだなあ。まず御飯ね。そしておかずは、鮭の焼いたの。鯵《あじ》の干物でもいいな」

そう答えたら、彼は大きくうなずき、

「やっぱり御飯だよね。僕はそれにみそ汁とトンカツと漬物があったらいいな」

などとうっとりした目つきになったので、

「そんなに食欲があるんじゃ、最後の食事じゃないよ。そのあと五十年くらい、生きるんじゃないの」

といったのだが、なかには最後の食事にラーメンといった人もいるそうだ。確かにラーメンもおいしい。年に何度か、「毎食、ラーメンでもいいや」と思うときもある。だけどどうしても御飯は基本中の基本で、私にとっては空気みたいに必要なものなのである。

昭和二十九年生まれの私は、今まではそんなに感じなかったが、若い人と話をしていたりすると、戦後の影響をまだひきずっている時代に生まれたことに気づかされる。だいたい食べていた献立《こんだて》が違う。当時は煮物だとか鰯《いわし》の丸干しだとか、純和風の食べ物ばかりだった。

「おやつちょうだい」

というと、昆布やするめやじゃこを口のなかに放《ほう》り込まれ、いつまでもそれをしゃぶっていた。

ところが二十代の若い人たちはそうではない。子供のころから和食一辺倒の食生活を送っていないから、私とはずいぶん日常の食べものが違っている。

「御飯がなくても、生きていけますよ」

という人が結構いる。ファースト・フード店のハンバーガーさえあれば、生きていけるとさえいいきるのだ。

「御飯って変な臭《にお》いがするからいや」

という女性もいた。御飯をいちいち噛《か》むのが面倒くさいから、スパゲッティを毎食食べている人もいる。それどころか、朝食が清涼飲料とケーキだという人までいて、腰をぬかさんばかりにびっくりしたこともある。

「そんな食事で、元気に動けると思ってるのか!」

と活をいれたくなったのも、一度や二度ではないのだ。

こういう人たちと話していると、私は土着の日本人だなあと思う。ハンバーガーや洋食だけの毎日なんて信じられない。あのほかほかした白い御飯の素晴らしさ。シンプルのきわみである。私は一時期、玄米食に凝《こ》っていて、何年か続けていたのだが、そのときに白米の御飯を見ると、「銀シャリ」といわれる意味がよくわかった。玄米は茶色だが、おいしそうに炊《た》き上がった御飯は、美しい白銀の輝きだった。

御飯を食べると力がわいてくる。うれしいときには、御飯を何杯もおかわりできるし、悲しいときは御飯を噛んでいると、

「いつまでも悲しがっていても、しょうがないか」

という気分になってくる。物事がうまくいかないとき、気分がすぐれないとき、物ごとにけじめをつけたくなったときに食べたくなるのは、パンでもパスタでもなく、やっぱり御飯なのだ。

常連ではないのだが、私が二度ほど行った都内の某店は、料理はもちろんだが、そこで最後に出される御飯が最高においしい。最初に行ったときは、生まれてこのかた、こんなにおいしい御飯を食べたことがないと感激し、ひと口食べて、「ああ、おいしい」と思わずつぶやいてしまったくらいなのだ。おかずはかぶのお漬物だけなのに、いつもおかわりをしてしまう。こんな御飯を食べたときが、私の至福の時間である。おいしい御飯が毎日

食べられたらと思うが、なかなかそうはいかない。至福の時間を持つために、どうやって
おいしい御飯を炊くかというのが、目下の私の課題になっているのである。

梅の花

冬が過ぎて春が近づいてくる気配がすると、だんだんうれしくなる。私の友だちは桜を見ると、

「ああ、春だなあ」

と感じるのだそうだ。以前、私が住んでいたアパートは、古くからある住宅地のなかに建てられていたのだが、桜が咲いたのを見てはじめて、

「こんなところにあったのか」

と、よそのお宅の庭に桜の木が植えられているのを知った。わざわざ花見にいかなくても、ふだんの散歩道に桜があると思うと、何となく気持ちもうきうきしてきたものだった。

しかし私は桜の花は、きれいだと思う反面、ちょっと怖い。あれは人の神経をあやうくさせる美しさである。だから庭木として、一本や二本を眺めるのはいいが、桜並木なんかがあったりすると、くらくらしてくるのだ。

その点、梅の花はいい。私は梅の花が大好きだ。桜の花よりも、ずーっと好きだ。梅は

ふと気がつくと咲いている。春というよりもまだ冬に近いころである。しかし梅の花を見ると、寒い空気のなかで、

「んっ」

とふんばって咲いているような気がして、なんだかとてもいとおしくなってくる。あの丸い花びらの形もかわいらしいし、桜のようにぼってりと咲かないのもいい。とにかく、

「ほーら、ここに咲いているわよ」

という図々《ずうずう》しさがない。

「咲いてることは咲いてるけどさ。気がついた人に見てもらえればいいや」

とさばさばしている雰囲気がある。桜があでやかに美しいとすると、梅はこざっぱりと清楚《せいそ》な感じがするのである。

ここ何年かの間、私はとにかく梅の生花はもちろん、花を象《かたど》ったものを見ると、欲しくてたまらない。なかには目がとび出るような値段のものもあるから、それは写真を見るだけにとどめておくのだが、そのなかにとってもかわいらしいものをみつけた。それは縮緬《ちりめん》の手芸の本に載っていた、「笑い梅」の巾着《きんちゃく》袋である。私はその袋を見たとたん、

「ひゃあ、かわいい……」

といったっきり、しばらく目が離せなかった。このとき初めて私は「笑い梅」というものを知ったのだが、梅の形のなかに、ちいさな三日月型が描いてある。それがにこっと笑

った口の形にみえるので、「笑い梅」というらしい。梅の花がにこっと笑っているなんて、こんなかわいらしいものがあるなんて信じられないと、私は狂喜した。うちの家紋は梅ではないのだが、私の特別の家紋にしちゃおうかしらと思ったくらいなのだ。

本を見て「笑い梅」の巾着袋を作ろうとしたこともある。しかし、あまりに「笑い梅」が好きすぎて失敗するのが怖くてたまらない。気合いが入っているから、失敗すると落胆《らくたん》の度合いが大きくなるのも、想像がつくからだ。だから未《いま》だに本を眺めて、うっとりしている始末なのだが、やっぱり、いつ見てもかわいい。梅が笑っているのを見ると、こっちまでふっと笑いがこみあげてくるのだ。

私は、この「笑い梅」という模様を考えただけでも、昔の日本人の感性は素晴らしいと感心した。桜の花を笑わせないで、梅の花を笑わせるなんて、すごいではないか。桜の花は口を開かずに、艶然《えんぜん》としている美女。みんなから美しいと褒《ほ》めちぎられる華やかな美女である。しかし梅は桜よりは地味だけれど、にこっと笑う愛想のいい女性。桜には永遠の憧《あこが》れを持つけれど、私は梅の親しみやすさを選びたい。毎年、梅の花がちらほら咲くのを見ると、寒さでちぢこまった気持ちもほぐれてくるのである。

ひなた者のわたし

私はひなたが好きだ。寒い時期にひなたにいると、

「もう洋服も何もいらない。このままここで、ずーっとぼーっとさせて欲しい」

と思う。かつて実家のマンションにいたころは、南向きの居間が私のひなたぼっこの指定席だった。当時私は、失業と就職を繰り返していたのだが、失業しているときに、何をいちばんしたかというと、それはひなたぼっこなのである。

マンションの前は野原で、さえぎるものが何もなかったので、さんさんと陽《ひ》がさしてくる。私にとってはこの上もない場所だった。ベランダに面したじゅうたんの上に座って、目をつぶって体の前から陽を浴びる。しばらくそうしていると、体の前後に温度差が生じるので、今度は後ろ向きになって背中に陽を浴びる。ほかほかしてきてとても気持ちがいい。

「あー、これが一生続けば、どんなにいいかしら」

などとつぶやいていると、必ず、猫のトラがのこのことやってきて、隣に並んでひなた

ぼっこをする。

「気持ちいいねえ」

というと、トラも目を細めてフニャアと鳴く。そしてしまいには、じゅうたんの上でトラと抱き合って寝っころがる。そしてお互いにごろごろと喉《のど》を鳴らしながら、惰眠《だみん》をむさぼるのだった。

その心地好《よ》い眠りを破るのは、いつも母だった。彼女は、一発、私の尻《しり》を叩《たた》いたあと、いい若い者がそんなことをしてはいけないと怒るのだ。

「だって気持ちがいいんだもん」

と反論すると、「ひなたぼっこをして許されるのは、赤ん坊と年寄りと猫だけだ。若者がそんなことをするのは、罪悪だ」というのである。もう一度、

「だって気持ちがいいんだもん」

と抵抗すると、彼女は、

「そりゃあ、たまにひなたぼっこをするならわかります。だけど、あんたは年がら年中してるじゃないの。それは単なるなまけ者です」

といい放ったのである。たしかに二十二、三歳の健康すぎるくらい健康な若い娘が、失業して昼間っから猫とぼーっとひなたぼっこをしているなんて、親にしてみたら許せないことだったのだろう。しかし家にいる私とひなたぼっこは、どうしても切り離せないもの

だった。他のことをしていても、陽がさんさんとさしているのを見ると、まるでひきよせられるようにひなたに近づき、ふと気がつくとそこでぼーっとしているのだった。

勤めをやめて家で仕事をするようになったとき、いちばんうれしかったのは、誰にも文句をいわれずに、ひなたぼっこができることだった。近所にある大きな公園にいって、池のほとりのベンチでぼーっとするのが日課になった。ところが昼間にそんなことをしているのは、赤ん坊を連れた若いお母さんと、老人くらいのもので、私と同年輩の三十歳くらいの人など誰もいない。ひなたぼっこグループのなかで、いつも会う老人たちは、浮いた存在の私を不思議そうに眺めていた。

そんな視線に合うと、お腹《なか》のなかで、

(どうも、すみません)

とあやまった。彼らのひなたぼっこは、若いころから定年まで、労働をしたあげくのものである。しかし私は違う。いわゆる働きざかりの年齢だというのに、そんなことをしている。もしも私がそんな人を見たら、やっぱり、とんでもない奴《やつ》だと怒ると思う。だけどひなたぼっこはどうしてもやめられない。いくら寒いとはいいながらも、春の陽射《ひざ》しは冬の陽射しとは明らかに違う。ひなたぼっこをしていると、とてもよくわかる。

「季節の動きを知るには、これがいちばんだ」

といいながら、私は仕事をさぼり、天気のいい日は相変わらず、ぼーっと体中に陽射しを浴びているのである。

ポプリに恋して

私は切り花もドライフラワーも苦手である。切り花のほうはだんだんしおれかけてくるのを、どこで処分していいかわからないし、ドライフラワーにいたっては、こんなにかさかさになってても飾られてしまうなんて、なんだかとても哀れになる。よく、「ドライフラワーは、枯れる心配がないからいいわ」などという人がいるけれど、そんなことなら花なんか飾らないほうがいいんじゃないかといいたくなる。面倒だからドライフラワーのほうがいいというのは、とんでもない勘違いだと思うのだ。

しかし、そんな私でもポプリは好きで好きでたまらない。「あれだって枯れた花じゃないか」といわれることもあるけれど、花びらがばらばらになっている。だから哀れさがない。というよりも花の小間物屋さんみたいでとてもかわいらしい。いろいろな種類の花びらがまじりあい、それがとてもいい香りを放って、私は生花よりもずーっと、ずーっとポプリのほうが好きなのである。

今、家では場所に応じて、二種類のポプリを使いわけている。玄関、キッチン、トイレ、寝る部屋には、「チェルシー・モーニング」という名前のポプリを置いている。どちらかというとさわやかな香りである。トイレの壁にはオーガンジーの小さな袋にいれて、ぶら下げてある。匂《にお》いがしているのかしていないのかわからないが、市販の芳香剤ではなくて、ああいうものがあるのは、心がなごむものなのだ。

ポプリは香りもいいけれど、中身を観察するのも楽しい。野原からつんできたような、素朴なピンクの花。色違いの白い花。可愛《かわい》い形をした葉っぱ。さやえんどうのような、中に小さな種が入っている草。私は野の草花の名前をほとんど知らなくて恥ずかしいのであるが、ポプリを見ていると、植物図鑑でも買って調べてみようかなという気にもなる。和室にはもっとさっぱりとした、ハーブ系のポプリを置いている。お香に近い香りがする。和室ポプリの中身も、花や実の色がクリーム、紫、茶色と、和室向きの色合いだ。香りだけではなく、部屋に合う色合いのものを捜すのも、楽しみのひとつなのだ。

どちらかというと、私は野原にある花のほうが好きだが、昨年の私の誕生日、ある男性が（残念ながら妻帯者）、素晴らしいポプリをプレゼントしてくれた。高さが三十センチ程もあるガラスの壺《つぼ》いっぱいに、真っ赤な薔薇《ばら》の花だけをいれたもので、ゴージャスこの上ないものだった。蓋《ふた》をしめたままでも、匂いをかぐとそこはかとなく甘い香りがただよってくる。そして蓋を開けると、もう信じられないくらい甘い香りが、ふわーっとそこいらじゅうにたちこめるのだ。あまりのいい香りに私はくらくらして蓋を閉めた。薔薇だけのポプリは、何ともいえないとろけるような香りである。

「仕事なんかしなくたっていいじゃない。ほーら、こんなにいい香りがしているんだからさ」

誘われて、それに逆らえないような魅力的な香りである。だから私は、年中、このような甘い香りを嗅《か》いでいてはいけない。これはやるべき仕事をちゃんと終えたとき、ほっとしたときに嗅ぐべきものだ。そんなことをしたら、私は労働意欲が全くなくなり、もう、仕事なんかどうでもいいやと、気持ちがぐんにゃりしてしまうからだ。ときどき、そーっと蓋を開けて匂いを嗅ぎ、またあわてて蓋を閉める。今まで薔薇がもてはやされる理由がわからなかったが、ポプリでいただいて初めて、薔薇の花の威力を思い知ったのだ。

お店でポプリを見ると、みんな欲しくてたまらなくなる。いろいろな香りがいりまじるのは、よくないと思って、買うのを我慢しているのだけど、匂いは嗅ぎたくてしょうがない。だからポプリのお店にいくと、私は片っぱしからくんくんと匂いを嗅ぎまくり、いつも店員さんに不思議そうな顔をされてしまうのである。

長靴で鼻歌

女の人はどうも長靴が嫌いなようだ。これまでは実用一点張りで、いまひとつ好みに合うものがなかったこともあるのだろうが、特に若い女性は、長靴イコールやぼったいものと、決めつけているようである。冬場はロングブーツを履くのに、梅雨時《つゆどき》には長靴を履かない。雨の日も晴れの日と同じ靴を履いている。ストッキングにヒールの靴で、雨が脚にかかるのも、ものともせずに歩いているのだ。

私はOLのときもヒールのある靴は苦手で、なるべくローファーのようなぺったんこの歩きやすい靴を履いていた。そんなお気楽な格好をしていた私でも、雨の日に通勤するのは苦痛だった。歩き方が悪いので、ふくらはぎにたくさん跳ねをあげてしまう。ストッキングに無数の跳ねの黒いしみがつき、ものすごく汚らしい。私だけではなく、他の女の人もそうだった。雨の日、女の人たちのほとんどは、自分のふくらはぎの跳ねを気にしていたと思う。同じ道を歩いてきたとは思えないくらい、ふくらはぎがきれいな人もいたが、その反対に、どこの泥道を歩いてきたのだろうといいたくなるような、スカートの腰のあたりにまで跳ねをあげている人もいた。少し歩いては立ちどまり、バッグのなかからハンカチを取り出して、ふくらはぎを拭《ふ》く女の人もいた。片手は傘をさしているものだから、ついつい不安定な態勢になり、よろよろとよろけている人もいたのである。

私はいちいち拭くのが面倒くさかったので、会社についてからきちんと後始末をすればいいやと、道中、どんなに跳ねをあげようと、気にしないことにした。ところがやっと会社について、洗面所でふくらはぎを点検すると、あまりの跳ねのしみの汚さに何度も赤面した。

「もしかして、私の好みの男の人にもこんな汚いふくらはぎを見られたかもしれない」

と恥ずかしくなったのも、一度や二度ではないのである。

あるとき私は、雨の日も晴れの日と同じ靴を履いて、足元やふくらはぎを気にして歩くのと、雨の日は長靴を履いて気楽に歩くのと、どちらがいいかと考えた。結果はもちろん、気楽に歩くほうである。かといって、やはり実用一点張りの長靴は履きたくない。そんなとき外国のファッション雑誌で、「これだ」という長靴をみつけた。それはフランスのメーカーのもので、シンプルでとても素敵なカーキ色の長靴だった。私は調査の結果、そのメーカーの代理店が日本にあるのをつきとめ、長靴を輸入してもらうようにたのんだ。そして待つこと三か月。やっと長靴は私のもとに届いたのである。

それからは雨も雪も泥も怖いものはなくなった。雨の日もレインコートを着て、その長靴を履くと完璧《かんぺき》だった。もうふくらはぎを気にすることもなく、足元がすべることもなく、いくらだって走ることができた。なかには、

「魚屋さんをはじめたの」

などという人もいたが、若い女の子には評判がよく、

「日本にはこういう長靴ってないんですよね」

とうらやましがられたものだった。

そのフランス製の長靴を履き続けて十二年、とうとう先日、履き潰《つぶ》してしまった。最近は日本の靴メーカーも、お洒落《しやれ》な長靴を作るようになったので、二代目は国産品である。デザインも履き心地も悪くない。私がOLだったころに比べて、お洒落な長靴が出まわっているというのに、相変わらず、若い女性たちは晴れの日と同じ格好で、雨の中をよたよた歩いている。雨の日はやっぱり雨の日なりの格好をするのが、私は楽しい。ふだんはあちらのほうが足が長いから、私はいつも追い越される。しかし雨の日だけは、私は長靴を履いて精一杯、大股《おおまた》をひろげて歩く。そして「ふふん」と鼻歌を歌いながら、彼女たちの横をすりぬけていくのである。

シャワーですっきり

私は湿気に弱い。よく外国に行くと体調が悪くなるという人がいるが、私にはそんな経験はない。今まで行った国が日本よりも湿気が少ないところばかりだったこともあるのだろうが、日本にいるときよりもはるかに体調がよかったのである。体中が軽い感じで、文字通り身も心も浮き浮きした。ところが日本に帰ったとたん、同行の元気のない人々は一様に、ほっとした顔をしていたのに、私のほうは、とにかくずーんと頭が重くなってくる。湿気で頭の上から押さえつけられているような気がする。あらためて、

「どうして日本はこんなに湿気が多いんだろう」

とうんざりしてしまったのである。

だから季節がはっきりしない梅雨時から夏の初めにかけて、私はやたらとシャワーを浴びる。じっとしていても、じとっと汗がにじみ出てくるなか、私は髪の毛をふり乱して原稿を書いている。腕が自由に動くように、汗をかいてもいいように、Tシャツかトレーナーを着る。下半身はどんなに足を開いてもいいように、パンツスタイル。それでがしがし

と書く。真剣になっているから目は吊《つ》り上がっている。うー、となりながら頭をぼりぼりとかいたりするので、ますます髪の毛は逆立ってくる始末である。とにかくこんな格好をみたら、惚《ほ》れた男も逃げるだろうと思うくらい、すさまじい格好なのだ。そんな最悪な条件のこの季節をのりきるには、仕事の合間のシャワーが欠かせない。とにかくこれをしないと、仕事がはかどらないといってもいいくらい、私にとっては大切なことなのである。

原稿を書くのを中断して、緊張したままバスルームに入る。そこで熱めのシャワーを浴びる。そのとたん、吊り上がった目はだらーんと下がり、体がほぐれていくのがわかる。あの体中が気持ち悪く、べとべとした感じも失《う》せ、せっけんで体を軽く洗えば、いい匂いがして気分も爽快《そうかい》である。

「もう一丁、がんばって原稿を書くか」

という気にもなる。日中、そんなことを二度、三度と繰り返しながら、私はこの不愉快な季節をのりきっているのだ。

この話を編集者にしたら、彼女は心からうらやましそうな顔をした。

「うちの会社も、お風呂《ふろ》はいらないから、シャワー室を作ってくれればいいんですけど」

という。ある程度の大きさの会社なら、そういう施設は完備していると思っていたが、実はそうではないようだ。風呂があったとしても、利用するのは徹夜をした男性社員がほとんどで、まず女性社員が気軽に使えるような雰囲気ではない。また、この時期、へたに昼間に風呂に入ったら、労働意欲がなくなるのは目にみえている。風呂は体をリラックスさせて、「今日も一日、ご苦労さん」という気分ではいるもので、シャワーはたるんだ気持ちに活をいれるものだと思っている。だから会社には、風呂よりもシャワー室を重点的に設置するべきだと、いいたい。

「私はフリーランスの人をうらやましいと思ったことはないですが、この時期だけはいいなと思います」

編集者は重ねてそういった。気がむけばいつでもシャワーを浴びることができる環境にいるのが、うらやましいという。私はうらやましがられることがあると、

「そんなことはないわよ」

といちおうは謙遜《けんそん》するタイプであるが、シャワーの件に関しては、徹底的に自慢する。

「どうだ、うらやましいだろう」

と胸を張り、勤め人じゃなくて本当によかったと思う。シャワーを浴びさえすれば、フリーランスにつきものの、将来の経済的不安など、どこかにいってしまうような気さえするのだ。

フラッペが憎い

子供のころ、夏場にアイスクリームを食べるのは、この上もない喜びだった。うちではお小遣いで食べ物を買うのは禁じられていたので、アイスクリームひとつを買うのも、母親のチェックを必要としていた。まっかっかやピンクの毒々しい色合いのアイスキャンデーは駄目で、アイスクリームなら許してもらえた。それも毎日ではなく、一週間に二回食べられればいいほうだった。もなかアイスや、ホームランバーなど、今、出回っている豪華なアイスクリームに比べたら、質素きわまりない商品ばかりだが、それでも、

「毎日、嫌になるくらいアイスクリームが食べられるような、お金持ちの家に生まれればよかった」

と、クリームをすくいながら、思ったものだった。

子供がアイスクリームを食べているとき、両親はかき氷を食べていた。私も横からしゃしゃり出て、食べさせてもらったけれど、氷のシロップの甘さでは満足できず、やっぱりアイスクリームのほうが好きだった。あの濃厚な甘さがうっとりするくらい、おいしく感

じられたのである。

ところがこのごろは、アイスクリームよりも、かき氷のほうが、ずっと好きになった。だいたいアイスクリームは、食べたあとも口のなかがさっぱりしない。いつまでたっても甘さが残り、また冷たい水を飲みたくなる。しかしかき氷はそれを食べただけで、体がひんやりとなり、のどのなかが甘ったるくなることもない。だから私はここのところ何年も、夏場はかき氷と決めているのだ。

いくらでもかき氷が食べられるようにと、何年か前に、卓上のかき氷製造機を買ったこともあった。しかしその機械から削りだされる氷は、かつて食べたような鋭い氷ではなく、べたっとしたみぞれのような氷である。それが私には我慢できなかった。昔ながらの原始的な機械でかいた氷は、多少、時間がたっても、しゃきっとしていたのに、やはり刃の具合が違うと味わいも大違いである。まるで舌が切れそうなくらい鋭くかかれた氷に、シロップをかけて、頭をじんじんさせながら食べるのが、かき氷の神髄《しんずい》なのだ。

それ以来、家でかき氷を作るのはやめて、甘味屋さんでかき氷を食べることにしたのだが、昔ながらのかき氷製造機を使っているところは少ない。どこのもべたっとしたみぞれ状態である。おまけにごてごてとフルーツがてんこ盛りになっていて、フラッペなどというわけのわからない名前がついていたりして泣きたくなる。

「ああ、もう、あんたたちは、あっちにいってなさい」

と毒々しく色づけをされた果物を、器から追いだしたくなるのである。かき氷はシンプルがいちばん。かき氷の豪華さの頂点は、宇治金時《うじきんとき》で十分。それ以上のものを、加える必要はないのだ。

現在のかき氷の状況は、とても納得できるものではない。よけいなものをたくさんつけることによって、ごまかしている。臭いも妙な味もない透明な氷。それを鋭い刃でしゃきしゃきとかく。シロップもほんの少しだけでいい。私はどれだけこのシンプル極まりないかき氷に憧《あこが》れていることか。アイスクリームはさまざまなタイプのものが、手軽に買えるようになった。舌ざわりも微妙に違うものが売り出され、消費者が選べるようになっている。それなのにどうしてかき氷は日陰の身になってしまったのだろう。

かき氷こそ、日本の夏を涼しくのりきるための、必需品である。アイスクリームは年中食べられる。冬だって違和感はない。しかしかき氷は違う。夏に食べるから価値がある。だからこそ私はかき氷の質にこだわりたい。私は正統派を隅に追いやり、まるで自分が基本のような顔をしているフラッペが憎い。地味でシンプルなかき氷のためにも、似て非なるものであるフラッペを、撲滅《ぼくめつ》したいとすら思っているのである。

電話より手紙

世の中には、ものすごく長電話が好きな人たちがいるようだ。まだ会社に勤めていたころ、同僚の最長通話記録が、八時間だの十時間だのと聞いて、びっくりした覚えがある。

「トイレや食事はどうするの」

とたずねたら、食事は相手によって長電話になるのがわかっているので、手の届くところにパンやおにぎりを置いておく。トイレは話を中断して用を済ませ、すっきりしてまた話しこむのだといっていた。たとえばそれが、懐《なつ》かしい友だちというのなら、まだわかる。しかし長電話の相手は、年がら年中会っている友だちなのだ。次の日、会う約束があっても、延々と電話で話すという。もともと電話があまり好きじゃない私は、他にやることはないのかねえといいたくなる。今や電話はひとり暮らしの必需品になっているし、必要なものだと思う。だけど八時間も十時間もぶっ通しで、顔が見えない相手と話せるなんて、私には信じられないことなのである。

かつてひとり暮らしをしたときに、私は電話をすぐにひかなかった。お金がなかったこともあるが、やっと一人の生活が始まったのに、一方的にかかってくる電話で邪魔をされたくないと思ったからである。友だちには、

「用事があったら、手紙にしてね」

と頼んだ。最初のころは、

「うん、いいよ」

といって友だちもよく手紙をくれたが、そのうち、

「手紙を書くのは疲れるから、電話をひいて」

といわれた。生返事をして無視していたら、次に、

「本当にお金がないんだったら、みんなでカンパしてあげるから」

と気の毒そうな顔をされた。それでも電話を設置するのを渋《しぶ》っていたら、

「あんたは明治以前の、江戸の人間か」

と、とことん呆《あき》れられてしまったのである。

もちろん今では電話もファクシミリもある生活をしているが、私は手紙のほうがずっと好きだ。好きだけど手紙は難しい。電話は言葉が次々に消えてしまうし、いい直しも可能だが、手紙はそうはいかない。

「仕事で文章を書いているから、すぐ手紙は書けるでしょう」

などといわれることがよくあるが、原稿を書くよりも緊張するし、何度も書き直しをす

る。それでも満足する手紙など書けたことがない。そういう点では電話のほうがずっと気楽なのだが、やはり私は気楽ではないが、受話器よりも便箋《びんせん》やはがきを手にしてしまうのだ。

「手紙って誤字脱字があると恥ずかしいし、投函《とうかん》してもどこか変なところがあるんじゃないかと、気になって仕方がないわ」

と友だちはいう。それは私だって同じである。いちおう原稿書きを仕事にしているから、誤字脱字は一般の人よりも、もっと許されない立場にいる。そのためについついひらがなが多い手紙になったりして、目上の人に出す場合、読み直してぎょっとすることも多いのだ。

どうしてこんなに手紙が好きなんだろうと考えると、やはり私は人の書いた文字を読むのが好きなのだ。それと封筒や相手によって切手を選んだり、選んだ切手を貼《は》りつける作業も楽しい。もしも市販の封筒が、切手を貼らなくていいようになっていたら、とてもつまらないし、私も手紙は書かなくなると思う。封筒の紙質、色、相手の好み、手紙の内容によって切手を選ぶ。犬が好きな人には、六十二円の切手は貼らずに、六十円と犬の絵の二円の切手を貼ってあげる。花が好きな人には、二十円の百合《ゆり》の絵の切手を並べて貼ることもある。私は切手を選ぶのが楽しくて、手紙を書いているのかもしれない。私の机の引き出しには、何種類もの切手が、早く早くと出番を待っているのである。

温泉の醍醐味

私は温泉が好きだ。それも駅のすぐ前にあるような、楽にいける温泉ではなく、「まだか、まだか」と思うくらい、不便な場所にある温泉のほうがいい。何度か、そのような温泉にいったことがあるが、そういったところは環境がいい。夜は本当にまっ暗で怖いくらいで、明かりといってもランプくらいしかないのだが、それもまた風情《ふぜい》があるからだ。

山の中にある温泉に取材にいったときは、宿のご主人が、

「いやあ、この間の台風で、男性用の露天風呂が流されちゃってねえ」

と、頭をかいていた。窓からのぞくと、流れの速い川が露天風呂の脇《わき》にあった。台風のときは山の上から大きな石が、ごろごろと転がり落ちてきて、それでお風呂が壊れたのだそうだ。夕方、壊れるのを免《まぬか》れた露天風呂に入ってみたら、体中の疲れがすーっとぬけていった。市販の温泉の素をいれたお風呂にはいっても、さら湯よりは気分がいいが、やはりそれとは違う。木の立て札に書いてある効能書きを見ると、温泉に入ったらすぐ健康になれそうな気がする。お湯につかっていなければ、「本当かしら」と疑いたくなるが、お

湯のなかでじわっと体が気持ちよく暖まってくると、ただならぬ力が温泉にはあるように思える。

「よおし！」

と元気も出てくるのである。

温泉から連想することばは、人さまざまである。私はストレートに露天風呂だが、ある人は温泉芸者、ある人は不倫といった。たしかに山の奥の温泉には、「何かが起こりそうな雰囲気」が漂っている。たまに、

「あーら、お姉さん、どこからきたの」

とすり寄ってくる、しわだらけのお婆《ばあ》さんもいたりするが、あの鬱蒼《うっそう》と茂った木に囲まれた温泉には、わけありの男女が集まるような気がする。しかし私の場合は、「何かありそう」とわくわくするだけで、実際には何もないのである。

何もないどころか、これまで温泉にいった状況というのが、雑誌の取材。男性の編集者とカメラマンは気を遣ってくれて、私を八畳間に寝かせ、自分たちは三畳間で抱き合うように寝ていた。その次は女性三人、十歳ほど年上の男性二人のグループだった。女性用の狭い露天風呂に怒った私が、

「男性用はどうなのか、見てみるわ」

といって、真っ裸のまま露天風呂をのぞいた。その時間は誰も男性は入っていないはず

だったのに、同行の男性二人が湯につかっていて、彼らのうちの一人が、タオルではなく、股間《こかん》を石鹸《せっけん》箱で隠しているのを目撃してしまったのも、このときだった。

男性四人、女性三人の友だちグループでいったときは、不慣れな街灯もない山道を、延々と車で走ったあげく、夕食の時間に大幅に遅れてしまった。

「遅くなってすみません」

とあやまったら、宿の人に、

「本当に遅かったね！」

とにこりともせずにいわれ、そこでまた一同、どーっと疲れが出た。晩御飯に何を食べたかも覚えていないくらいに疲れ、疲れすぎて眠れない。こんな状態だから、少しでも寝ていたいのに、朝の四時からお湯につかって、詩吟をうなるじいさんがいて、私は睡眠不足になって目の下にクマができた。

山奥の温泉で、男性と、

「やっと二人きりになれたね」

などという状況は私にはない。友だちとわいわい行くのが常である。これも問題があるなと思わないではないが、きっと私はずっとこんな調子で、温泉に行くような気がしているのである。

編み物の魔力

私は編み物の仕方を母に習った。私は昭和二十九年生まれであるが、今とは比べものにならないくらい、みんな質素で貧しくて、着る洋服のほとんどは母親の手作りだった。そんな環境で、何度も再生できる毛糸は、昨年は父親のセーター、今年は傷《いた》んでいない部分を使って、弟のセーターに、そして最後は母の毛糸の下着にと、家族中をたらいまわしにされたものだった。

秋になると、母は茶箱の中から手編みのセーターやカーディガンを取り出して、「これは、だめ」「これは、まだ大丈夫」といいながら、より分けていた。肘《ひじ》が薄くなっているもの、しみがついていたものは、あっという間にほどかれて、ちりちりの糸の山になった。そしてそれを蒸気にあてて真っすぐに伸ばし、あるときは一本の新しい糸をたして補強にし、あるときは薄汚れたのをごまかすために濃い色に染めたりしていたのである。

母が再生した毛糸を全部、玉に巻き終わるまで、かせを手に持っているのも私の役目だった。じっとしていなさいといわれるのだが、遊びにもいきたいし、疲れてくるしで、だ

んだん両手が下がってくる。母は、

「もうちょっとがまんして」

と怒る。それが自分のものになるのならいいけれど、そうじゃないときは、あーあとため息をつきながら、早く終わらないかと、嫌で嫌でたまらなかった。

そんな糸を使って、私は編み物を習った。最初はかぎ針編みだ。まず手袋を編み、そのあとはマフラー、ヴェストを編み、夏糸でブラウスを編んで、かぎ針編みはやめにした。母みたいに二本の針を使う、棒針編みのほうがずっと優雅にみえたからだった。そしてそれから私は棒針編みにのめりこみ、小学校の四年生のころには、自分で編んだセーターを学校に着ていったものだった。

「よくあんな面倒くさいことをやりますね」

といわれることも多い。そういうのはたいてい女性である。手編みのセーターもお店で買える時代になった。私もどんなものかと、いちど買ったことはあるが、サイズは合っているのに、どういうわけだか体になじまない。どうして編み物が好きなのかと考えてみると、ひと目ひと目、自分の手で造り上げるからだと思う。それが証拠に、私は洋裁には興味がない。一本の糸を編んで、それが面になり、人の体がはいって立体になっていく。それがとても楽しいのだ。しかし私は編み物は好きでも、ちゃんと学校で勉強したわけではないので、編み物をすればするほど、学ぶことが多い。編み物のプロが友だちにいるので、彼女から教えてもらうことも多いのだが、仕上がりがすっきりする編み方、とじ方など、たくさんの秘密のテクニックがある。

「へえ、こんなやり方があったのか」

と感心するのも、また楽しいのだ。

太い糸で、さーっと編んだものは、すぐに出来上がるし、すぐ着ることができる。しかし愛着という点ではやはり落ちる。私が大切にしているセーターは、我ながら、まだ、できないのかと思いながら細い糸で編んだものだ。ときにはいらいらしながら、ときには、

「どうしてこんなに、先にすすまないんだろう」

とむなしい気持ちになった。とにかく三段編まないと一センチにならない。それでもじっと我慢して、原稿を書く合間に、少しずつ少しずつ編んだ。そしてそれが編み上がったときは、まるでエベレストの頂上に到達したような気分で、

「やったー」

と叫びたくなったくらいだ。だんだん歳《とし》をとってきて、目の疲れも取れにくくなっている。原稿書きと編み物の二本だては、相当にきつくなっているのも事実である。しかし私は、これからも、無理をしないで細々と編み物はずっと続けていくつもりである。

第四章　埴輪《はにわ》の宿便取り

毛穴にひそむ老化の影

最近、鏡のなかの自分の顔をまじまじと見ると、シワ、ソバカスと並んで、毛穴が目立ってきた。穴のなかに汚れもたまっているように見える。雑誌には毛穴が目立つのは、肌の老化の始まりだと書いてあって、がっくりした。私はこれまで、雑誌の化粧品の勧めを極力無視してきた女である。

「また、調子のいいことといって、だまそうとしてるんでしょ」

と相手にもしていなかった。パックもマッサージも、ここ十五年やっていない。しかし鏡のなかの毛穴がひらいた自分の顔を見ると、無視もできず、むさぼるように記事を読んでしまったのだった。

毛穴が開いているのは、穴の中に老廃物がたまっているのが原因であるらしい。中学生のときに鼻を押して、毛穴から脂《あぶら》が虫のように出てくるのを、びっくりして眺めたことがあったが、それが穴のなかで、角栓《かくせん》（シーバム）になる。角栓取りのパックが次々に売り出されるや、大人気で入荷待ちの状態もあったと聞く。広告を見たけれど、はがした白いパックから、角栓がにょきにょきと生えているみたいに、見事に取れていた。

　私は早速、角栓取りのパックを買ってきた。箱の中には透明のジェルと、白いどろりとしたパックが入っている。まずジェルを塗り、そのあとパックを塗る。そして乾かした後、一気にはがすと、汚れが全部お掃除されて、きれいなお肌になるわけなのだ。

　風呂《ふろ》上がりに気になる鼻の部分だけ、パックを塗った。顔全体に塗ったパックは、「13日の金曜日」のジェイソンみたいになって笑っちゃうが、鼻だけのパックもそれ以上に間抜けである。私は下ぶくれの顔のまんなかに、白い三角形をつけたまま、パックが乾くまで、ぼーっとしていた。

　二十分後、とうとうパックをはがす時間がやってきた。おそるおそる触ってみると、皮膚にぴたーっとくっついている。私は効果を期待して、両手でパックをはがし始めた。

「いたたたたー」

　鼻ごとちぎれるんじゃないかと思うくらいの、ものすごい密着度！

「うー」

　私は鼻の下半分だけはがし、ひと息ついた。鼻の下を触ってみたが、鼻がとれかかっている気配はなかった。そこでまた、

「いたたた……」

　と、おそるおそる残りのパックをはがしたのである。

はがしたパックを点検してみると、細いとげのようなものがパックにくっついていた。これが憎き角栓である。広告に載っていた、角栓にょきにょきのパックのモデルになった人は、よっぽどの脂性だったようで、私にはとてもじゃないけど、あれほどの効果はなかった。それでも鏡を見ると、毛穴が目立たなくなっていた。もちろん汚れも取れている。

「むふふふふ」

自然と笑みがこぼれてきた。ところが三日ほどたって、鏡を見るとまた毛穴の汚れが復活している。そういえば「一週間に二回くらい使って下さい」と説明書に書いてあった。いくらパックをしたって、二、三日後には、またじわーっと毛穴に汚れがたまる。これでは、いたちごっこではないか。

私は毛穴の汚れと、鼻がちぎれるような思いと、どちらを取るか迷ったあげく、毛穴の汚れのほうを選んだ。

「毛穴の汚れが見えるほどの位置に、他人を近づけなければよろしい」

これが私の結論である。画期的な角栓取りのパックではあるが、あの鼻もげになりそうな感触は、毛穴にどっちゃりと汚れがたまったとしても、半年に一度で十分だという気がしたのであった。

鬼胡桃で脳味噌スッキリ

原稿を書くとき、手書きのときはそうでもないが、ワープロを使うと目の疲れがひどい。それが癒《い》えることなく、ワープロを打ち続けていると、首から上がかちかちに固まったようになってくる。表面だけではなくて、脳のなかまでかちかちになっているみたいで、ワープロの手を休めては、ぐったりとしてしまう日が続いていたのである。

そうなると私は、十本の指で頭皮をマッサージしたり、ボールペンのお尻《しり》で、ぐいぐいと頭を押した。ときおり、ずーんとひびいてくるツボがあり、そこを押しては、

「あっ、あっ、そこそこ、ぐふーん」

とひとりで悶《もだ》えたりした。これで少しは脳のかちかちも癒えるのだが、ワープロを打つと、またぐったりする。このところこんなことを繰り返していたのだった。

これではそのうち、脳が働かなくなると私は怯《おび》えた。徐々に仕事を減らす予定ではいるのだが、あと一年くらいは、今のような状態が続く。頭がぱかっと二つに割れて、脳味噌《のうみそ》をもみもみして、凝《こ》ったところをやわらげたあと、また頭を元に戻す。こんなことができ

たら、どんなに気持ちがいいだろうと思ったが、そうもいかない。いったい、どうしたらいいのかと悩んでいるところへ、舞い込んだのが、一枚のダイレクトメールであった。

私のところには、ろくなダイレクトメールがこない。「お安くなりました」と謳《うた》い文句が書いてある、十億円もするマンション。安楽な老後が保障される老人ホームへのお誘い、核戦争が起きても大丈夫な核シェルター、字がうまくなる道具など、何だ、こりゃといいたくなるようなものばかりなのである。ところが私の目にとまったダイレクトメールには、「貴方《あなた》の大切な頭脳に潤《うるお》いと十分な休養を!」と書いてある。自分の頭脳に潤いと十分な休養を与えなければと考えていた私は、このダイレクトメールをむさぼり読んだのだった。

それは鬼胡桃《おにくるみ》が中に入った、小さな健康枕《まくら》の案内であった。鬼胡桃の見本も同封されている。鬼胡桃のでこぼこが、指圧の効果を持ち、頭のツボを刺激して、血行がよくなるという。そうなるとボールペンのお尻で、ぐいぐいと頭のあちこちを押しまくらなくてもすむ。ふだんの私だと、心はひかれても、「ま、一日、考えてから」ということになるのだが、あまりの辛《つら》さに藁《わら》にもすがる気持ちで、早速、注文することにした。

枕はすぐ届けられた。鬼胡桃のぼこぼこがいかにも気持ちよさそうである。私は原稿書きを終え、ぐったりしてベッドに横たわり、枕の上に頭を乗せた。そのとたん、

「あっ、あっ、そこそこ」

と、枕の上に頭をぐりぐりと押しつけた。疲れた頭をぼこぼこがうまいこと刺激して、

天にものぼるような、「ぐっふーん」状態に陥ってしまったのである。

翌日、私はいつになくすっきりした気分で目がさめた。頭が疲れているときは、朝起きると、ぼんやりしている。すっきりした感じがしないのだ。ところが頭のなかは、からっと日本晴れで、今までのような、どんよりした曇りといった感じが、どこかにふきとんでしまった。

「これさえあれば、もう怖いものはない」

私は寝るのが楽しくなった。ところが初日は、朝起きたらちゃんと枕の上に頭が乗っていたのに、それ以降は、目覚めても枕の上に頭が乗っていることがない。私がものすごく寝相が悪いうえに、枕が小さいので、睡眠中に頭が枕の上にとどまっていられないのだ。せっかくこの枕で、すっきりした頭脳になろうと思っていたのに、私は目の疲れを取る前に、寝相をよくすることからはじめないと、この枕の恩恵にあずかれないことがわかり、今、がっくりきているのである。

人参ジュースをぐいっと

私の日常の弱点である眼精疲労には、緑黄色野菜はとてもいいらしい。

「睡眠をよくとって、ワープロを打つのは一日、二時間以内にして、緑黄色野菜をたくさん食べれば大丈夫だよ」

とお医者さんにもいわれた。

そんなとき、年配の料理研究家のインタビュー記事を読んだ。彼女はある時期、とても眼《め》が悪くなり、それ以来、野菜をたくさん取るのはもちろん、人参《にんじん》をすり下ろした人参汁を作り、そこにレモンの絞り汁を少したらしたものを、毎日、飲んでいるのだという。その自家製、人参汁を飲んでいるうちに眼の病気も治ってしまったのだそうだ。私はそれまで、市販されている人参ジュースを飲んでいたが、どれもいまひとつであった。やはり嗜《し》好品《こうひん》の感じが強く、飲んでもあまり眼にいい感じはしなかった。ところが彼女の話を読んで、

「これだ！」

と納得し、それから毎日、せっせと人参をすり下ろすことにしたのである。

セラミック製のおろし器を使って、人参一本をすり下ろす。最初は、

「これで眼の疲れが軽くなるならば」

と必死にやった。やりすぎて指まで下ろしそうになり、あちこちにすり傷ができた。人参そのものの味に左右されるので、おいしいときもあったし、いまひとつのときもあった。が、自分の手で作った人参汁を飲むと、市販の人参ジュースなんて悲しいくらい薄かった。手作りの人参汁はいかにも眼にいい、という濃厚な味だったのである。

人参汁には何の問題もなかった。問題だったのは、私の根気であった。最初のころは、興味津々《しんしん》で人参をすり下ろすのも楽しみのひとつだったのだが、そのうち飽きてきた。下ろすのが、かったるくなってきたのだ。原稿を書く合間に、ごりごりと人参をする。する振動が指先から手首に伝わり、だんだん上腕部がぶるぶるしてくる。眼はよくなるかもしれないが、そのあとに肩凝《かたこ》りが残りそうな気配になってきたのである。

私が子供のときに、家庭での野菜ジュース作りがはやったことがあった。うちでもジューサーを購入し、母が得意になって野菜ジュースを作ったが、ひと口飲んだとたんに、あまりのまずさに、げーっとなった。

「薬だと思って飲みなさい！」

母は半分意地になって、ただ一人、野菜ジュースを飲んでいたが、そのうちにジューサ

ーは物置の奥に追いやられ、二度と姿を見かけたことはなかった。

私は人参をする手間から解放されるのであれば、ジューサーを買おうとすら思った。しかしするのは楽になっても、そのあとのジューサーの掃除を考えると、また面倒くさくなり、なんとかならないかと、悩んでいたところへ、朗報がとびこんできた。瓶一本に、人参三十本分の汁が入っているジュースがあると教えてもらったのである。

宅配のみの販売なので、早速、友人と注文してみた。私が今まで飲んだ市販の人参ジュース、自分が作った人参汁をはるかに越えた、おいしさである。濃厚ながらさっぱりしていて、人参自体の甘みがさわやかだ。友人のお姉さんはヘビースモーカーで、コップに半分が適量と書いてあるのに、コップになみなみとついで、何杯も飲まずにいられないそうだ。喫煙で失われたビタミンを、本能的に補給しようとしているのだろうが、ヘビースモーカーじゃなくても、そうしたくなるくらい、あとをひく味なのだ。

手間もかからず、そしておいしい。やっぱり人間、まじめにやっていれば、困ったときに手を差しのべてくれる人がいると、私はうなずきながら、毎日、人参ジュースを、ぐいっと飲んでいるのである。

足の裏を押しまくれ

疲れたとき、足の裏を揉《も》むととても気持ちがいい。私は学生のころから、足の裏を揉むことを続けているのだが、自分の指でやっていると、かったるくなるので、そのかわりになるものが何かないかと捜していた。そんなとき、新聞の小さな通販広告で、客室乗務員も使っている、フィットローラーという器具をみつけた。足の裏にあてて、ごろごろと転がすと、足の疲れもむくみも軽減すると書いてあった。フィットローラーは木製で、値段はやや高めだったのだが、どうしようかと迷ったあげく、下から二番目の値段のものを購入することにしたのである。

しばらくすると、長さ十五センチ程の棒が送られてきた。JALとプリントされた袋に入れられ、いかにも客室乗務員御用達《ごようたし》という感じがする。足の裏に触れる部分には、溝が掘られていて、すべらないように工夫されていた。テレビを見ながら三分間、足の裏でごろごろ転がしていると、爪先《つまさき》から体が暖まってくる。特に足が冷える冬場はありがたく、私は、ぼーっとテレビを見ながら、足の裏でフィットローラーを転がすのを、日課にしていたのである。

その話を、当時住んでいたアパートの大家さんにしたら、

「あら、足の裏グッズだったら、もっとすごいのがあるわよ」

と、足の裏をつっ突く棒と、使い方が書いてある本をくれた。足の裏を突いてみて、痛いところをつぶすように、ぐいぐいと押しまくる。気持ちいいという程度ではだめで、涙が出るくらい、満身の力をこめなければ効かないとあった。そして押したあとで、ぬるま湯を一リットル飲む。これで体の毒素が、翌朝、尿と一緒に排出されるのだそうである。

私は本に書いてあるとおり、風呂《ふろ》あがりにぐいぐいと足の裏を押した。一か所、ものすごく痛い部分があって、

「くくーっ」

とうめきながら、棒でその痛みをつぶすような気持ちでこねまわした。さすがにぬるま湯を一リットル飲む気力はなく、コップ一杯半でいいことにしてしまった。

翌日、あれだけ痛かった足の裏の部分を押してみたが、不思議にも全く痛くなくなっていた。

「ううむ、これで毒素が排出されたのだな」

と納得していたのだが、毎日、足の裏を押すほど、まめではない私は、それっきりフィットローラーと、棒を机の引きだしにいれたまま、ほったらかしにしていたのである。

つい先日、友だちがすぐ足がむくむというので、私はほったらかしにしていた、フィットローラーと、棒を取りだし、「やってみたら」と渡した。まず彼女はフィットローラーの上に足を乗せたのだが、「痛い、痛い」と半泣きになって、体重をかけることができない。

「ふっふっふ、それを我慢してごろごろやっていると、気持ちがよくなってくるのだぞ」

ほくそ笑みながら、私がつぶやくと、彼女も意地になって、ローラーを転がす。するとそのうち、

「だんだん、すっきりしてきた」

と声も明るくなり、次は棒を手に、足の裏を押しまくったのである。

二、三日して、彼女から電話がかかってきた。家に帰ってぬるま湯を飲んで寝て、朝、体重を測ったら、一キロ減っていたという。彼女は大喜びで、棒のかわりに万年筆や太いボールペンで、足の裏を押しまくっているといっていた。手軽にできるものは、最初は集中するけれど、いつでもできると思うから、絶対に長く続かないと断言してもいい。彼女も今は一所懸命だが、そのうち私みたいにきっとやらなくなるだろうと、にらんでいるのである。

一円玉は肩凝りを救う？

かつて私は、まるで子泣きじじいが、肩にへばりついているんじゃないかと思うほど、肩凝りがひどかった。実家にいた学生のころから、本を読んでは肩ががちがちになり、

「ねえ、肩を揉んで」

と母親に頼んでは、蹴《け》っとばされた。

「何いってんの。ふつうは子供が、『お母さん、いつも苦労をかけて、済まないねえ』っていいながら、肩を揉むものなの。どこに子供の肩を揉む親がいるのよ」

彼女は真顔で怒った。しかしどんなに怒られても、私の肩はぱんぱんに張って、つらくなるばかり。熱海《あたみ》の海岸で、貫一《かんいち》に足蹴《あしげ》にされたお宮《みや》みたいに、私は、

「許して……。でもお願いだから、肩揉んでぇ」

とすがってみた。しかし彼女は、冷たい目で私を一瞥《いちべつ》し、そのうち買い物にでかけてしまったのである。

弟の姿が目にはいった私は、よろよろと彼に歩み寄り、

「坊ちゃん、お願いだから、肩揉んでくださいよ。お駄賃《だちん》、あげますから」

といってみた。しかし彼は、

「ばーか」

とひとことといい捨てて、自分の部屋に籠《こも》ってしまった。猫のトラにも、

「トラさん、肩揉んでくれませんか。煮干しをいっぱいあげますから」

といってみたが、ぼーっと私の顔を見上げているだけであった。

こうなったら、自分一人で肩凝りを治すしかない。まずラジオ体操第一をやってみた。両手を動かすと、肩胛骨《けんこうこつ》のあたりがぐりぐりと動く。けだるいような、気持ちがいいような悪いような、妙な気分である。その次は首をぐるぐると回してみた。首や肩の筋がつっぱらかっていて、

「あたたたた」

と思わず声がでてしまう。つっぱらかるのをだましだまし、ゆっくり首を回していると、背中の筋までつっぱってくるような気がしてきた。

それから首を回したり、肩を上げ下げしたり、肩凝りが少しでも楽になるように、自己流の体操をした。体操をやった直後は、すっきりするのだが、すぐ肩が凝ってくる。そしてまた、

「お願い、肩揉んで……」

と家族に懇願しては、悲しく無視されていたのであった。

この肩凝りの話を、年上の友人に話すと、彼女は、

「一円玉をツボに貼《は》ると、肩凝りが治るってきいたけど」

という。なんでもアルミ製の一円玉を貼ることによって、血行がよくなるのだそうだ。それを聞いた私は、早速、財布のなかから一円玉を捜し、押すと痛いところにセロハンテープで貼りつけた。

しばらくすると、友人のいうとおり、肩凝りがちょっとほぐれてきたような気がした。お風呂に入る前に、肩に貼った一円玉を取ろうとすると、どういうわけだかセロハンテープがしっかりと肌にへばりつき、無理して剝《は》がそうとすると、痛くて痛くてたまらない。私は目に涙を浮かべながら、必死でセロハンテープを剝がした。肌にはテープのあとが真っ赤にくっきりとついている。剝がすときの痛さに比べたら、肩凝りなんか屁《へ》でもない。もしかしたら、この痛みで肩凝りのつらさを忘れるのかと思ったくらいである。

お風呂からあがって、明らかに肩凝りは楽になっていた。しかしそれが、一円玉のおかげなのか、セロハンテープを剝がすときの刺激で、血行がよくなったのか、それとも風呂に入ったからなのか。私のなかではまだ確固たる結論が出ていないのである。

韓国の美肌はあんずにあり

私は最近、ソウルづいていて、昨年の十一月から三回、訪れている。

「何をしに行くんですか」

と不思議がる人もいるし、

「やみつきになるっていいますからね」

とうなずく人もいる。うちの母には、

「あんた、こっそり、はやりの垢《あか》すりをやりに行ってるんじゃないの」

などといわれたりしたのだが、残念ながら、垢すりには行ったことがない。雑誌で読んだところによると、ひととおりの垢すりコースが終わるのには、ずいぶん時間がかかるらしく、昼間は免税店で買い物、夜はカジノで遊ぶパターンの私には、ちょっと時間が長すぎる。しかしいちおうは女であるから、韓国の美肌関係のものは気になり、免税店めぐりの合間に、デパートの売り場に赴《おもむ》いて、何か面白いものがないかと、チェックはしていたのである。

あるデパートの地下の食料品売り場にいったときのこと、エスカレーターのすぐそばに、薬草関係のコーナーがあった。信頼できそうな白衣姿のおばさんが、私たちにあんず茶を淹《い》れてくれた。ちょっとすっぱいような甘いような、濃厚な味がした。お茶を飲みながら、目の前にある薬草類を眺めていても、ハングルで書いてあるので、わからない。すると、おばさんが日本語で書いてある、効能書きを持ってきてくれた。「決明子」は目、肝臓、腎臓によく、「五味子」は心臓、肺、子宮、喉《のど》にいい。「麦門冬」は精力減退、無気力を治し、「鶏舎」は糖尿病の薬として使われているということであった。

「ふむ、ふむ」と納得しながら読んでいたのだが、効能書きを読んでみると、全部、欲しくなる。しかしそういうわけにもいかない。どうしようかと悩んでいる私の目にとびこんできたのは、「あんずの粉」の効能であった。「このあんずの粉でマッサージをすると、驚くような白い肌になります。しみ、そばかす、にきびなどもなくなります」と書いてある。この粉を牛乳、卵、蜂蜜《はちみつ》に溶かして、洗顔後、肌にすりこみ、三、四十分ほどしてから水洗いしてもいいともあった。肌の衰えを痛切に感じていた私は、おばさんに、

「あんずの粉を下さい」

と頼んだ。彼女はすかさず棚の陰から黄金色の液体が入った瓶を取りだし、

「あんずオイル。これ、混ぜて、マッサージ、マッサージ」

と繰り返した。香料が添加されていないために、成分の匂《にお》いはするが、いかにも肌によ

さそうな気がして、私はあんずの粉二百グラムと、あんずオイル百ミリリットルを買ってきた。日本円で約千四百円程度であった。

私は肌が敏感なので、おそるおそる使ってみたのだが、これは最近にない大ヒット商品であった。粉とオイル、それに水を加え、肌につけておく。肌が丈夫な人は、水を少なめにして、粉をスクラブがわりに使えるかもしれないが、私はマッサージはやめて、ただ肌に密着させている。十分ほどしてから、洗い流すと、

「まあ、これが私の肌かしら」

と思うくらい、しっとりとしている。あまりにうれしくて、人差し指でやたらと自分の顔面を触っちゃったくらいだ。

自然のものは、物によっては一般の化粧品よりもかぶれることがあり、私もえらい目にたびたびあったが、これは肌にあったようで、一週間に一度は、あんずの粉とオイルを顔にはりつけている。さすがにしみやそばかすが消える気配はないが、肌は間違いなく、しっとりしてきた。

私と一緒にこの粉とオイルを買った女性は、これがないと生きていけないといっている。きっとこういうものは、日本に輸入されると、垢すりタオルと同じように、法外な値段をつけられるのだろうが、そうならないように、私はこれから、こっそりソウルのデパートで買って帰ることに決めたのである。

竹塩石けんにやみつき

前回、紹介した、ソウルのデパートで売っている、あんずオイルとあんずの粉の売り場の隣では、NHK制作といいたくなるようなビデオが、流されていた。言葉は全くわからないが、画面からおごそかな口調の語りが流れてくるので、ついつい見ていたら、売り場のお姉さんがにこにこしながら寄ってきた。そしてビデオと、そこに並べてある塩を交互に指差しながら、「これだ、これだ」と熱心に勧めるのである。

画面にはいかにもひとくせありそうなおじいさんが登場して、竹に塩を詰めていた。次の画面では真っ赤に焼けた溶岩みたいなものが映しだされた。何の脈絡もない不思議な映像に、

「こりゃ、何だ」

と見入っているうちに、さらさらした竹塩がアップになって、ビデオは終わった。

「へえー」といいながら、並べられている塩を眺めていると、お姉さんがハングルで書いてあるチラシをくれた。ハングルは読めないが写真で判断すると、この塩はキムチに入れ

ても、歯を磨いても洗顔をしてもOKということがわかった。小皿にのせてある見本の塩は、日本の天然塩とは違い、ちょっと灰色がかっていて、さらさらしている。

「魂をこめて作りました！」

という雰囲気が漂っていた。

そこでは竹塩入りの石けんも売られていた。緑色をしていて三個入り一箱、ケースつきで約二千六百円。なかなか高い部類のお値段である。私はこれを母親のみやげにしようと購入した。そのあと私はスーパーマーケットに行った。そこにも竹塩石けんが置いてあったのだが、デパートで売られている物とは、少し違っていた。デパートのはどこかの研究所がひとつひとつ製作した、手作り石けんみたいなのだが、スーパーのは大手の石けん会社が、どーんと作ったといった感じである。もちろんケースもないし、ただ紙に包まれているだけ。しかしそれがまた、素朴でいい。そしてふと陳列棚の上を見ると、石けんを包んでいる紙と同じ柄の、ボディシャンプーもある。私は思わず手を伸ばし、それも買ってきた。

デパートとスーパーで竹塩石けんを買ってきた私は、ホテルの部屋で匂いを嗅《か》いでみた。スーパーで買ったほうは、匂いもやわらかく抵抗がなかったが、デパートで買った本格的なほうは、お香というか昔の化粧品の匂いというか、ちょっとくどい香りだった。私はこのての匂いが苦手なので、

「全部、かあちゃんにくれてやろう」

と買い物袋の中をごそごそやっていたら、ボディシャンプーの蓋《ふた》がゆるんで、液が少しもれていた。あわてて洗面所に手を洗いにいくと、とてもいい香りがする。グリーン系のさっぱりした匂いで、ぶくぶくと余計な泡もたたず、洗ったあとさっぱりする。よくボディシャンプーで、濃厚でいつまでたってもぬるぬるしている物があるが、これは洗いあがりがしゃきっとしている私好みのもので、滞在中に使用してしまったくらいであった。

帰国して、竹塩石けんを母に渡すと、

「塩は体にいいっていうからねえ」

といって喜んでいた。石けんの匂いをかいだ彼女は、

「うーん、高貴というか、くせがあるっていうか……」

といってごまかしていた。きっとこの匂いに包まれて、韓国の奥様たちは、体を洗っているのではないだろうか。でも私はスーパーで売っている普及品のほうが気にいった。塩は体のためにいいということであるが、今のところとりたてて目立った変化はない。しかし洗いあがりのさっぱり感は、今まで使っていた石けんやボディシャンプーとは、ちょっと違い、やみつきになりそうなのである。

食卓の友、すり胡麻

　胡麻《ごま》は体にとてもいいらしい。うちにある本には、鉄分が豊富で血管の壁にこびりついた、コレステロールや中性脂肪を除去する働きがあると書いてあった。全身の血行をよくし、高血圧、動脈硬化などの成人病の予防になり、おのずと脳の働きも活発になるそうなのだ。

　私が子供のときは、食卓にほうれん草の胡麻あえがよく登場した。私はこの胡麻あえが苦手だった。だいたい緑色の濃い野菜に、黒いものがまぶしてあるというのは、まったく興味をそそらない。どうしても箸《はし》がすすまず、ふと気がつくと、小皿の上には並べられたときと、ほとんど同じ状態の、ほうれん草の胡麻あえが鎮座しているのである。

　どうしようかと悩んでいると、母は、

「体にいいんだから、全部食べなさい」

という。仕方なく、一口食べると、おいしくもまずくもなく、子供の私にはどうでもいい食べ物だった。また箸をとめて、じーっと小皿を見つめていると、彼女は、

「そんなに考えていても、たまご焼きに変わるわけじゃないんだから、ささっと食べちゃいなさい」

という。そんなことといわれたって、ささっと口のなかに入っていかないから、困っているのだ。いくら悩んでいてもらちがあかないので、私は皿の上のほうれん草の胡麻あえを、一気に口の中に放《ほう》り込み、目をつぶってむちゃくちゃに噛《か》み砕いた。

「まったく、どうしてそういう食べ方をするの。お行儀が悪い」

ほうれん草の胡麻あえが食卓に登場すると、食べても食べなくても、私は母に叱《しか》られたのである。

大人になると、本で読んだりして、胡麻が体にいいということを知ったけれど、ふだん、そんなに食べないので、うちには常備していなかった。いちいち胡麻をすって使うのが面倒くさかったし、労が多いわりには使う量が少なく、割が合わないような気がした。胡麻のペーストを買ったこともあったが、食べているうちにあきてしまい、体にいいとは重々知りながら、胡麻はうちの食卓からは忘れ去られている存在だったのだ。

あるとき友だちと話していたら、

「とてもおいしいすり胡麻があるのよ。マヨネーズと胡麻をまぜて、それをディップがわりにして野菜のスティックを食べるの」

という。彼女はそのすり胡麻にやみつきになり、御飯にかけたり、味噌汁《みそしる》の中に入れたり、毎日、食べているというのである。
話を聞いても、私はぴんとこなかった。これまですり胡麻を、それほどおいしいと思わなかったからだ。半信半疑で彼女が後日くれたすり胡麻が入った袋の封を切ったのだが、そのとたん、胡麻のいい香りが漂ってきた。

「これはいけるかもしれない」

彼女に教えてもらったように、野菜スティックを、すり胡麻とマヨネーズのディップにつけて食べてみた。口には胡麻の風味が広がり、何ともいえない。料理の本にも、すり胡麻よりも、自分で胡麻を炒《い》って、それをすったほうが、風味があっていいと書いてある。しかしこのすり胡麻があったら、もう自分で胡麻をする必要はない。それくらいこれには風味が残っているのだ。

このオニザキコーポレーションの「すりごま」をもらって以来、うちの食卓には胡麻が登場しっぱなしである。アスパラガス、キュウリ、人参、セロリなど、野菜にマヨネーズとすり胡麻のディップをつける。味噌汁にも入れる。トーストにぱらぱらとまぶすこともある。そのたびにおいしく食べているのだが、これで少しは脳の働きが活発になってくれるのではないかと、私はささやかに期待をしているのである。

緑のジェルが肌にひんやり

雨降りよりも、晴れの日に外に出るほうがずっと好きなのだが、このごろは日焼けのことを考えると気分が重くなる。以前は、夏になったときだけ、日焼けに注意すればよかったのに、オゾン層の破壊などがあり、日焼けには一年中、注意したほうがいいと、医者がいっていたりするからである。

私は親から、

「あんたは色の白いことしか取り柄がないんだから、絶対に、日に焼くんじゃないよ」

といわれてきた。私はわざわざ日に焼けようとは思わなかったが、色が白いのも好きではなかった。色が白いよりは、ちょっと浅黒いくらいの女性のほうが、ずっとチャーミングだと思っていたのである。

しかし日にあたっても、私はきれいに日焼けすることはなかった。まず第一段階はまっかっかになった。おかっぱ頭でまっかっかの顔というのは、どことなく間抜けであった。おまけに、顔面が熱を持ってしまい、ついつい鼻息も荒くなる。金太郎《きんたろう》が相撲《すもう》をとったあとのようである。

「あら、どうしたの、その顔」

と知り合いにいわれることに、じっと耐えていると、そのうち、すーっと赤いのは消えていった。そしてそのあとには、そばかすが顔面に点在する有様であった。

若いころはそれでもよかったが、中年になると、無防備ではいられなくなった。先日、沖縄《おきなわ》にいく機会があり、私は日焼け対策に頭を悩ました。ふだんはSPF値が低い、刺激の少ない日焼け止めを塗っているのだが、沖縄の陽射《ひざ》しには通用しない。そこで私は、

「絶対に日に焼けない」

という噂《うわさ》の強力な日焼け止めを購入し、ふだん、自分が使っているものの上にそれをまた塗り、二重、三重ガードで日焼け防止につとめたのである。

もちろん体にも塗った。ところが海で一日過ごしたあと、ふと自分の体を見て、びっくり仰天した。何と両膝《ひざ》と足の甲がまっかっかになっている。すねには日焼け止めを塗ったのだが、その二か所に塗るのを、つい忘れてしまったのだ。おまけに足の甲にはビーチサンダルの鼻緒の跡がつき、くっきりとV字型に焼けている。裸足《はだし》になっても白いビーチサンダルをはいているように見えるのだ。

ふだん、そんな格好をすることが少ないからまだいいが、ストッキングははけないし、膝上のスカートもはけない。甲の部分のくりが深いパンプスを履くと、焼け残った白い鼻

緒がくっきりとわかってしまう。かっこ悪いのはもちろんのこと、ちょっと熱めのシャワーをあびたりすると、とても痛い。おろしたてのソックスを履いても、焼けた足の甲がすれて痛むのだ。

「情けないよう」

と嘆く私に、同行した友だちが貸してくれたのが、「マクシマ　ALジェル」だった。アロエの成分が含まれている緑色のジェルで、塗るとひんやりする。ほてった部分が冷やされて、なんだかわからないけど、安堵《あんど》のため息がもれてしまうのであった。

中年になって、こんなかっこ悪い日焼けに悩まされるなんて、思いもしなかった。

「こんなになっちゃった」

とみせると、友だちは、

「あーあー」

といったあと、あっはっはと笑う。今は二回目の皮がむけたところである。ぴりぴりーっと皮をむく作業は嫌いではないが、若いころに比べて、各段に回復が遅くなっているのがわかる。十代のころはまっかっかになっても、すぐ白くなったのに、じれったくなるくらい、赤みがひかない。私は緑色のジェルを膝と足の甲のV字型に塗りながら、

「いつになったら、もとどおりになることやら」

と、ちょっと途方にくれているのである。

ハブの油は沖縄の香り

沖縄の市場には、珍しいものが山ほどある。おばさんや、おばあさんが働いているのを見るのも楽しく、初めて訪れた私と友人は、あまりの面白さに一日に五回も通ってしまったほどだ。

明日は東京に帰るという日、私たちはまた、隅から隅まで市場を見てまわった。どれもこれも欲しいものばかりで、一同は、

「もし、持って帰るのが大変だったら宅配便で荷物を送ろうか」

とまで相談していた。同行した若い男性は、とぐろを巻いた海ヘビの黒いくんせいを、じーっと眺めて、最後まで買うか買うまいか悩んでいた。ある者はゴーヤージュースを買い込み、ある者は持参した密閉容器にらっきょうをいれてもらい、私は「うっちん粉」を買った。うっちんというのはウコン、ターメリックのことで、黄色い色をしている。私は沖縄でうっちん茶を愛飲していた。飲むとどことなくすっきりする、このうっちん茶が、沖縄の自動販売機では簡単に買えるのだ。

「この粉をそのまま、水やお茶にまぜて飲んでください」

店のお姉さんはいった。お金を払い、包装してもらうのを待っていると、つんつんと私の腕をつっ突く人がいる。振り返るとそこにいたのは、にこやかに笑っている、明らかに八十歳過ぎと思われる、おばあさんであった。

「あのね、これはとってもいいのよ。いかがですか」

おばあさんはにっこり笑って、私の目の前に、小さな箱を差し出した。そこには、

「ハブ油」

と書いてあった。ハーブ油かなと思って、もう一度よく見ても、やっぱり「ハブ油」であった。

「ハブって、あのハブですか」

「そうなの。臭《にお》いもないし何も変なものは入ってないのよ。とってもいいの。どうですか。顔にも体にも使えますよ」

おばあさんは熱心に勧めてくれた。

「ハブ油ねえ」

手にとって箱を眺めると、パッケージのデザイン画は、向かい合って、かーっと歯をむいた二匹のハブだった。箱の色は黒と金で、

「不思議な油、純正ハブ油」

と黒々と書いてある。

「えっ、ウンコ堂製造？」

びっくりしたが、ウンコ堂じゃなくて、ウコン堂だった。

「ほら、ちょっと中を見てください」

おばあさんは箱を開けて中をみせてくれた。以前、馬の油を買ったことがあったが、それとよく似た、クリーム色のワセリンみたいなものである。彼女がいったとおり、臭いは全くしない。

「本当にこれは体にいいんですよ」

おばあさんは何度も何度もいった。私は年寄りに弱い。おばあさんの目は明らかに、

「これ、買って……」

と訴えている。私は特別、必要とも思わなかったが、そのハブ油を買うことにして、彼女にお金を渡した。

「ありがとう、どうもありがとうね」

おばあさんはお金を持った手で、私を拝んだ。こんなに喜んでもらえるなんて、と恐縮してしまったくらいであった。

おばあさんに勧められて、買ってきたものの、いったいどういうときに使ったらいいのか、わからない。馬の油を買ったときは、肌の手入れにも、ちょっとした怪我《けが》に塗っても

効果があると書いてあったが、それと同じようなものなのかもしれない。でもやはりハブの油となると、使う勇気がでない。よくも悪くも、馬の油よりももっとすごい効果がありそうだ。私はいまだ、ハブ油を使っていないのだが、黒と金色でできた、「ハブ油」と書いてある箱を、机の上に置いているだけで、御利益《ごりやく》がありそうな感じが周囲に漂っているのである。

電磁波との正しい付き合い方

電磁波がどれだけ体に悪い影響があるのか、私にはよくわからない。テレビ、ワープロ、携帯電話など、電磁波を発している電気機器はいろいろとある。私は十年ほどワープロを使っているが、一台目のワープロを買い替えにいったとき、横に置いてある、ワープロに関係する商品に目がいった。ほこりがきれいにとれる、静電気を利用したはたき、キーボードカバーなど。そのなかで特に目をひいたのは、電磁波から体を守るエプロンと眼鏡であった。

「こういうものがあるということは、やっぱり電磁波は体によくないのだろうか」

と、しばし二つの商品を眺めていた。エプロンはちょっと糊《のり》がききすぎた布という感じで、別によろいみたいな物ではない。眼鏡もブルーグレーのレンズが入った、サングラスみたいなもので、とりたててどうってことはない代物《しろもの》だった。当時、私はワープロを使いはじめて、とても面白がっていたが、目の疲労度はたいへんなものだった。ワープロの眼精疲労の要因のひとつとして、電磁波も関係しているという話も耳にした。どうしようかと迷ったが、やらないよりは、やったほうがいいんじゃないかと思い、エプロンと眼鏡を両方購入したのである。

それ以来、ワープロを使うときは、何も考えずにエプロンと眼鏡をつける。習慣になってしまったので、ワープロのスイッチをいれるのと、エプロンをつけ眼鏡をかけるのが、一体化しているのだ。エプロンは夏場に利用するとちょっと暑いけれど、慣れてしまった。問題は眼鏡である。私は仕事をするときだけ、軽い乱視矯正《きょうせい》用の眼鏡をかける。もちろんこのレンズには、電磁波から目を守る加工はされていない。はじめは、乱視用の眼鏡をはずして、電磁波用の眼鏡をかけていたのだが、仕事が終わったあと、とても目が疲れる。やはり乱視用の眼鏡はかけたほうがいいと思い、電磁波用の眼鏡をするのをやめると、これまた目が疲れる。どっちかひとつだと必ず目が疲れるのである。

私は何とかならないかと、二つの眼鏡を持って考えたが、解決策は、

「二つ一緒にかける」

ことしかなかった。で、それからずっと、ワープロを打つときは、乱視用と電磁波用の眼鏡を両方かけて、仕事をするようになった。眼鏡を二つかけているのだから、鏡に自分の姿を映すと、ものすごく間抜けだ。だから私は仕事をしているときは、絶対に鏡を見ない。しかし電磁波から体を守るという効能を信じて、何年もエプロンと眼鏡を愛用してきたのであった。

　あるとき、通販のカタログを見ていたら、寝ている間に脳にたまった電磁波を取り除くことができる、アイマスクが紹介してあった。なんでも、そのアイマスクは、電気を放電させる特種な糸が織り込まれていて、利用すると寝ている間に、体内にたまった電磁波が除去されるというのである。私は眼精疲労を訴える友だちの分と、自分の分と二枚注文した。五日後、届いたのは、紺色にグリーンのワンポイントがついた、幼稚園児のブラジャーみたいな物だった。

「えっ、こんなもので、大丈夫なの」

といいたくなるくらい、シンプルである。私と友だちは、アイマスクを手に、

「なるほどねー」

といった。それしかいいようがなかったんである。今年の夏の暑さではとてもじゃないけど、アイマスクをして寝る気にはなれない。私は友だちと、

「涼しくなったら、真っ先に試してみようね」

と幼稚園児のブラジャーを手に、固く誓い合っている。これをつけて画期的な効果があるのかどうかは、全くわからない状況であるが、もしかしたらと、私たちはちょっとわくわくしているのである。

高層マンションと五本指の靴下

これまで私は三階以上の建物に住んだ経験がなかったが、マンションの九階に住むようになって、感じたことがある。冬にとても体が冷えるようになったのだ。ベランダが東に向いているため、夏などは南や西向きの部屋よりは涼しいけれど、冬はとても寒い。年々、暑さ、寒さに弱くなっているのはまぎれもない事実なのだが、こんなに冬に体が冷えるのははじめてで、これは部屋が東向きというだけではない理由があるのではないかと、思うようになった。

あるとき雑誌を読んでいたら、女性があまり高層のマンションに住むのは、よくないという記事が載っていた。地上から離れれば離れるほど、体が冷えるなどのダメージが大きくなり、とにかく女性は体のことを考えると、地べたに近いところに住むのが、いちばんだというのである。しかし別の面では、防犯上、女性が一階に住むのは危険だという説もあり、こういうことを考えると、冷え性をとるか、貞操をとるか、二つの問題が発生してくるのだ。

私は九階に住んでいても、近くをJRの高架の線路が走っているので、そう高いところにいると感じないですむ。線路が地べたを走っているようにしか見えないので、マンションの三階か四階にいるような気になっている。ところがベランダに立ったり、外の廊下を歩いたりして、ふと下を見ると、あまりの高さに目がくらくらとする。そのときはじめて、

「ああ、高い場所に住んでいるんだな」

と感じるのである。

たしかに夜になると、東京の夜景がとてもきれいで、空気がきれいなときは、新宿の副都心のビルがきれいに見え、きたないときは全くビルが見えなくなる。空気の汚染状況が、毎日、手にとるようにわかるのは面白いのだが、冬場の体の冷えにはまいっている。とにかく室内履きを履かないと、足が冷たくなってくる。ここに引っ越してくるまで、そんなことは一度もなかった。それも我慢できない寒さで、自分でも信じられないくらい暖房をきかさなければならない。

もちろん寝るときも寒い。足と足とをこすりあわせて、

「うー、さぶー」

などといっていたのだが、足が暖まる前に疲れてしまったり、ちゃんと風呂《ふろ》に入ったというのに、こすっているうちに垢《あか》が出てきたりして、

「うーむ」

という気分になった。

私は寝るときに靴下などめったに履かなかったのだが、ここに住むようになってから、寝るとき用の靴下を買った。エコグッズを売っている近所の店で、たまたま見つけた、絹製の五本指の靴下である。ふつうの靴下もあったのだが、五本指のほうが形がかわいいし、使っているうちに、外反母趾《がいはんぼし》気味の足にもいい効果があるのではないかと、期待をこめて購入した。

袋に入っているときはわからなかったのだが、うちに帰ってよく見てみたら、この靴下にはかかと部分がない。単に筒になった先に五本指がついているだけなのである。かかと部分がないということは、足の裏側と甲側の区別がないということである。靴下はだいたい裏側のほうがすれて傷《いた》むから、表、裏と交互に履いていれば、二倍持つ計算にはなるのだが、どっちの面を履いても、とっても履きにくい。靴下を履いて歩きまわるわけではないから、それでもいいのだけれど、結構、値段も高かったので、ちゃんと靴下の形をしたものを作って欲しかった。おかげで夜は暖かく眠れるが、こんな靴下を履くよりも、冷えが体を襲わない、地べたに近い住まいに、早く引っ越したいと思っている、今日このごろである。

第五章　つれづれなるままに

迫りくる大波

私が冷や汗をかく出来事は、いつも同じ、腹下しである。ふだんはそういう体質ではないのだが、風邪をひいたりすると腹下しにみまわれる。これが困るのである。家にいるのならまだいいが、そのときに限って、人に会う約束をしていたりする。特に食事をしなければならないときなどは、地獄といってもいいくらいだ。食事中に何度も中座するのは、相手に失礼だし、理由を話すのはもっと失礼だ。「たのむから便意を催さないようにしてくれ」と、下腹部に懇願するのだが、不思議なことに食事中は、全く便意を催さない。さすがの私の体も、

「この場では、まずい」

と思うようなのである。きっと一緒に食事をしている人も、私の切羽詰まった状態には、気がつかないはずである。ところが無事、食事も終わって、みんなと別れあとは家に帰るだけとなったとたんに、緊張から解放された私の体は、一気に腹下し状態へと戻ってしまうのである。

電車に乗る前に、もちろんトイレにいっておく。それもなるべく人がいない、空《す》いたトイレを探さなければいけない。おばさんみたいに、「ぶばばば」と音が轟《とどろ》くのもかまわずするなんて、まだ私にはできないからだ。ある日、無事、用を足した私は、

「もう平気だな」

と判断し、気楽な気分で電車に乗っていた。ところが電車の振動に身をまかせているうちに、あの何ともいえない感覚の便意が、再び私の体を襲ったのである。腹下しは、まるで波のようである。いったんひいたかと思えば、信じられないくらいの大きなうねりで迫ってくる。

「さっき、済ませたのに、なぜ」

私は吊《つ》り革《かわ》につかまりながら、汗が流れてきた。最初は体がかっと熱くなったのに、だんだん冷や汗に変わっていった。頭の中では次の駅で下車して便意を解消するか、我慢するか、ふたつの考えがぐるぐると渦を巻いていた。腹下しのときはいつも、二者択一を迫られる。私は、

「耐えられるだけ、耐える」

という結論を出した。この便意は私の体を脅《おびや》かしつつ、おさまっていくのではないかとふんだのである。そのとおり、便意はおさまってくれた。「ほーら、やっぱりね」と鼻歌が出てきそうなくらい、気分が明るくなってきた。この状態が続いてくれれば、楽勝であ

った。ところが、またじわりじわりと便意を催してきた。そしてそれは、稲村《いなむら》ジェーン級の大波となって、襲いかかってきたのである。ここでくしゃみがでたら、一巻の終わりだと、私は下半身全体、特に臀部《でんぶ》に重点的に神経を集中させ、

（出ない、出ない）

と自己暗示をかけた。しかしそんなものは役に立たず、稲村ジェーンは容赦なく襲ってくる。私は傍目《はため》には何食わぬ顔をしながら、全身に冷や汗をかいていた。

（もうちょっとだ、がんばれ）

自分自身を叱咤《しった》激励している間にも、便意の波が押し寄せて来る。自分の体であって、自分の体ではない。こんなに情けないことってあるかしらという感じであった。

全身の冷や汗と下半身がぐんにゃりするほどの便意とで、私は駅についたとたん、早足でトイレにむかって歩きだした。余計な振動は禁物なので、走ることはできないのだ。やっとの思いでトイレにたどりついたものの、そこには、幼稚園児の手をひいた母親が三組、ふたつしかないドアの前に並んでいた。

「ミカちゃんのあと、ママも入るから待っててね」「はーい」

彼らはマイペースで物事をすすめていた。背後で腹下しをしている女が、下半身をぐんにゃりさせているとも知らずに。彼らの楽しそうな会話を聞きながら、またまた私は冷や汗が、どーっと出てきたのであった。

めでたくもあり、めでたくもなし

正月というのは、めでたいんだか、めでたくないんだか、私にはよくわからない。特に最近はそうである。子供のときは、お年玉がもらえるし、おいしい物を食べられるから、三箇日《さんがにち》が終わるとがっかりしたものだが、四十歳も間近になると、ほとんど正月なんか、どうでもいいような気になってくる。というのも、私はここ何年か、正月を寝正月ですごしている。寝正月といっても、のんびりとするのではなく、風邪《かぜ》をひいて寝込む、寝正月なのだ。

十一月から十二月の半ばにかけて、出版業界では年末進行という、毎年恒例の仕事のタイムテーブルがあって、二か月分の締切りがこの一か月半の間に凝縮される。これが地獄なのである。またそれが終わっても、年内はどうしても断れない忘年会などに顔をだしたりする。ふだん、夜中の十二時前には寝る習慣の私でも、夜中の二時、三時まで遊んでいることが多くなる。そこで、

「ちょっと、体調が悪いな」

と思ったら、多少の不義理をしても、ちゃんと睡眠をとればいいのだが、ついつい、

「ま、いいか」

と連日、夜更《よふ》かししてしまう。そして出版社にも仕事納めの日がやってきて、

「あー、これで原稿催促の電話から解放される」

とほっとしたとたんに、がくっともう一段階、体調が悪くなるのだ。

最初は咳《せき》がコホコホ出るくらいで、まだいけるかなと思っていると、それが日に日に、ゲッホゲッホというひどさになり、大晦日《おおみそか》には、

「うーん」

とうなって布団《ふとん》のなかにもぐって、首だけ出している状態になる。一般的には縁起物として食べる年越しそばも、私の場合は、他に食べたい物がないから、そばを食べるしかない。縁起物もへったくれもない状態に陥るのである。近年、恒例になってしまった、紅白歌合戦のド派手な小林幸子《さちこ》を布団のなかから眺めるのは、もうやめにしたいと思っているのである。

三箇日も相変わらずゲホゲホ状態である。テレビから、いくら、

「おめでとうございます」

という言葉を聞いても、ちっともおめでたくなんかない。しまいには「おめでとう」といわれるたびに、ムカッとする。

「私がこんなに苦しんでいるというのに、巷《ちまた》の人々は『めでたい、めでたい』とにこにこしている。それに比べて、たったひとりで布団のなかにいる私って、何て不憫《ふびん》なのかしら」

と我が身が情けなくてしょうがない。お嬢さんが晴れ着を着て初詣《はつもう》でをしたり、家族連れが破魔矢《はまや》を持って歩いているのを映し出すニュースを布団のなかから見ては、

「ちぇっ」

と舌打ちするのが、私の正月になってしまったのだ。

「正月なんか、ちっともめでたくなんかないわ。歳《とし》をとるばっかりだし」

と友だちにぐちったら、人間ができているその主婦の友だちは、にっこり笑いながら、

「違うわよ。たとえ風邪をひいていたって、何とか無事に新年をむかえられたら、ありがたいと思わなくちゃ。私たちはもう、新年がむかえられてよかったと思えるような年齢に、足の先をつっ込んでいるんだから、そう考えたほうがいいわよ」

といった。

「そうか……」

たしかに正論だったが、それは年末から正月にかけて寝込む以上にショックなことばだった。正月が楽しいとか、そういうことではなく、正月をむかえられたことを感謝しなければならない年齢。正直いって、

「いつそんな歳になったんだ！」

と怒りたくなるような現実である。

全く私には関係ないと思っていた、「門松は冥途《めいど》の旅の一里塚……」という狂歌まで頭に浮かび、愕然《がくぜん》としたりした。たしかに中年といわれる歳になったら、どんなかたちであれ、新年をむかえられたら、ありがたいと思わなければバチがあたるのかもしれない。だけど私はそういう気持ちには、まだまだ到達できない。

「ついこの間までは、そんなことなんか、これっぽっちも考えずに、新年早々、友だちと六本木に遊びにいったりしてたのに……」

これからの正月は、年々、複雑な思いとともに、一方的にむこうからやってくるのだ。

あーあ。

雪あそび

冬場、同年輩の友だちと、

「私たちが子供のころは、東京にももっと雪が降ったよね」

と、よく話す。このごろは東京でも思わぬ量の雪が降り、電車が遅れたりして交通に支障が起きることがあるが、昭和三十年代に子供時代を過ごした私たちにとっては、

「なんの、なんの」

と、いいたくなるような雪の量である。それに雪に根性がない。降ったと思っても、すぐにぐずぐずと解けてしまって、雪景色など楽しむ余裕もない。あとはぐじゅぐじゅになった道になるばかりで、風情《ふぜい》もなにも、あったもんじゃないのである。

当時の雪は真っ白で、固めるとかっちりしていた。家の近所の野原でかまくらを作って、なかに入って遊んだこともあったし、雪も遊び道具のひとつだった。学校に行くと、すでに校庭のあちらこちらには、雪だるまが立っていた。用務員室からもらってきた炭の目をつけ、竹のほうきを手にした、定番の雪だるまである。身長が一メートルほどもある、真

っ白な雪だるまを見ているのも楽しかったし、担任の先生の判断で授業時間がつぶれて、雪合戦になるのも魅力だった。

学校からの帰り道、雪のなかにいるのがうれしくて、町内を歩きまわっていると、坂の上から、きゃあきゃあと騒ぐ声が聞こえてきた。いってみると小学校の五、六年生くらいの男の子、五人がスキーをして遊んでいた。ストックは折れた物干し竿《ざお》や大人の傘を代用していて、みんな家から持ってきたものに違いなかった。彼らは坂の上から、

「わあーっ」

と叫びながら降りてくる。バランスを崩して途中で転ぶ子もいれば、上手に坂の下まで滑り降りてくる子もいた。

「いいなあ、スキーなんかやって」

と思いながらふと彼らの足元をみると、何と長靴に紐《ひも》でくくりつけているのは、近所の墓地から、かっぱらってきた卒塔婆《そとうば》であった。たしかに形状はスキー板には似ているものの、

「あんなことして、いいんだろうか」

と、私はどきどきしながら、彼らの姿を見ていた。彼らの卒塔婆スキーはそれから二、三分は続いたが、卒塔婆を踏んづけている姿を通りすがりのおばさんに見つかって、こっぴどく怒られ、彼らは卒塔婆を元に戻して、残念そうに去っていった。そういうことをや

るのは、彼らだけではなく、あちらこちらにいた。使えるものは卒塔婆だろうが、何だって使うのが、当時の子供だったのだ。

東京に雪が降ると、当時のことを思い出す。

「雪が降ると、子供たちは喜ぶでしょう」

と子持ちの女性に聞くと、ほとんどの人が首を横に振る。

「寒いからいやがって、外に出ないわよ。ずっと家の中でファミコンをやってるわ」

雪が降れば寒いのは当たり前だ。そんなことでどうする、と怒りたくなる。が、母親のほうもへたに雪の中で遊ばれて、服を濡《ぬ》らされたり汚されたりするよりは、家の中にいてもらったほうが、都合がいいらしいのだ。どこかに卒塔婆スキーでもやってる子はいないかと、雪が降るたびに町内を見渡してみるのだが、そういう豪胆《ごうたん》な子供の姿は、今や、幻となってしまったのである。

新聞よさようなら

物心がついてから、ずっと家には新聞があった。小学校では新聞を読んで、感想文を書くようにいわれ、中学校の国語の先生は、毎日、新聞に掲載されている熟語を書き取る宿題を出した。その他、物を包むときにも使ったし、窓ガラスを拭《ふ》くのにも役に立ったし、寒いときにはたたんで、セーターと下着の間につっこんだりもした。ひとり暮らしをはじめてお金がないときは、冬、畳と布団の間に敷いて、寒さをしのいだ。読むだけでなく、新聞はさまざまに役に立つ代物《しろもの》だったのである。

ところがここ一、二年、新聞をとっていると厄介だと思うことが多くなった。まずゴミが増える。資源ゴミの日に出すから、厳密にいえばリサイクルには役立っているはずなのだが、いちいち紐でくくって出すのが面倒だ。ある程度たまるまで、室内に置いておくのも鬱陶《うっとう》しい。旅行などで家をあけるときは、そのつど販売店に連絡をしなければならない。そしていちばんの問題は、新聞を読む気にならなくなったことなのである。

以前は新聞を読まないと、とんでもないことをしでかしているような気がしていた。世の中から取り残されているような感じになる。ところが今はテレビやラジオで、ニュースをいち早く知ることができる。新聞をひろげても、昨日、テレビで放送していた話がほとんどだ。特集記事も興味をひくものはまれで、ほとんどは見出しだけを読んで、やめにするものばかりである。最初は、自分が悪いと思っていた。もっと丁寧に新聞を読まなきゃいけないとも思ったりもした。ところが、年を追うごとに新聞の斜め読みはひどくなり、しまいにはぱらぱらめくるだけで、二、三分で新聞を見終わるようになった。いちばん重点的に見るのが、テレビとラジオ欄だけになってしまったのである。

どうしてこんなことになったのかと冷静に考えてみても、どう考えても新聞が面白くなくなったとしか思えない。「これはぜひ読みたい」と思う記事なんて皆無だし、いくらなんでもテレビラジオ欄だけを見るために新聞をとり、資源ゴミの日に早起きをして、紐でくくって集積所に出すのは、私にとっては無駄以外の何ものでもなかった。で、引っ越しのついでに、新聞をとるのをやめてしまったわけなのである。

これまでは引っ越すと販売店に連絡をして、継続の手続きをとっていたので、当初はとても妙な感じがした。朝起きるとすぐ、

「新聞をとりに行かなきゃ」

と立ち上がる。しばらくしてとっていなかったんだと気がつく。落ち着かなかったことも事実だが、そのうち慣れた。そして三か月たった今、新聞は私の生活には必要がないこ

とがわかったのである。二、三日前、試しにコンビニエンスストアで、新聞を買って読んでみた。もしかしたら、あらためて読んだら、面白いかもしれないと、ちょっと期待したからだ。とるのをやめているうちに、ものすごく面白い記事がてんこ盛りになっている可能性もある。ところが、やっぱり、ぜーんぜん面白くなかったのだ。

「ああ、これでよかったんだ」

私はすっきりした。新聞はとるのが当たり前だと思っていたのに、実はそうではなかった。私にはいらないものであった。新聞紙の処理にわずらわされることもなく、今では身も心もすっきりと、気分よく暮らしているのである。

それなりの自然

私は高い建物が苦手だった。近所の高層マンションにどんどん人が入居するのを見ては、「よく、あんな高いところに住めるわね」と半分あきれ、高い場所に住んでいたら、人間らしい生活なんかのぞめないと思っていた。そんな所に好んで住む人たちは、四季の移り変わりなどには、全く関心がないのだろうと、決めつけていたのである。

二階くらいの高さだと、下をむけばすぐ地べたがある。木の枝はちょうど窓に届き、いろいろな鳥が飛んできて止まる。私はそんなこぢんまりしたマンションに永いこと住んでいたおかげで、野鳥の名前にも少し詳しくなった。環境はとてもよくて、私の好きな部屋だった。ずっとそこに住んでいてもいいと思っていたのだが、本がふえて手狭になったこともあって、たまたま散歩の途中に見つけた、現在住んでいる十階建てのマンションに引っ越すことにしたのだ。

住まいを捜しているときには、気分が高揚していたので、すぐ決めてしまった。ところが契約もすんで、ほっとひと息ついたとたん、本当にこれでよかったんだろうかと不安になってきたのである。九階にある部屋からは下をむいても土は間近に見えない。木の枝も周囲にはない。きっと野鳥も飛んでこないだろう。でも、部屋は前よりは広くなったし、機能的に造られている。防音もほぼ完璧《かんぺき》である。せっかく契約したんだから、いいところを見て、生活しようと思ったのだが、引っ越してすぐは、全く腰が落ち着かなかった。ずっと不安定な気分が続いていたのだ。

しかしだんだん、そんな九階の部屋にも慣れ、今は快適に住んでいる。以前はカアカアとうるさく鳴きわめき、道ばたのゴミを突っついて散らばすだけの鳥だと思っていたカラスも、ちょっと見直した。あるとき、建物で邪魔をされない空間で、二羽のカラスが大きく翼を広げ、気持ちよさそうに飛んでいるのを見た。二羽で追いかけっこをしながら、私の目の前を優雅に飛んでいた。それはまさしく本来の鳥の姿で、私はベランダで洗濯物を干しながら、

「鳥ってあんなにきれいに飛ぶものなのか」

とみとれたくらいである。

見晴らしがいいというのは、他にも利点がある。日中は天気の移り変わりがとてもよくわかるのだ。晴れているときはきれいに遠くの山並みが見える。夜になると新宿副都心や遠くの夜景がとてもきれいだ。夏になったらベランダに出て、ぼーっと夜景を眺めるのを

今から楽しみにしている。

土に近いところに住んでいないと見えないものがある。しかし高い場所にもそれなりの自然の発見がある。住めば都というけれど、自分が苦手だと思っていた高層マンションでも、実際に住んでみたら、いろいろな楽しみがあるのだなあと、このたび初めてわかったのである。

豪華なゴーストタウン

近頃、分譲マンションの価格が落ち込んでいるそうだ。なかには売り上げが芳《かんば》しくないものだから、売り出した一か月後に、一千万円の値下げをし、以前に契約した人たちが怒り出して大騒動になっているという話も聞く。うちの近所でも、一年程前に八億円の家が売りに出された。私は新聞に折り込まれていたチラシを見て、

「どんなもんかいな」

と興味津々《しんしん》で見にいったことがある。ところがその家は趣味の悪い家で、ふつうの建て売り住宅風なのに、建物の三分の一が牧場のサイロそっくりの、レンガ造りになっている。そしてごていねいにサイロのてっぺんには、風見鶏《かざみどり》までついている有様であった。申し訳程度の生け垣があり、家自体も広くもなく、重厚な造りでもない。

「こんな家に八億円も出す人なんか、いるわけないじゃん」

私は心底、小馬鹿《こばか》にして帰ってきたのである。

ところが、その家には現在、人が住んでいる。たまに家の前を通ることもあるが、私は

そこの一家が、大人も子供もよれたTシャツとジーンズ以外の服を着ているのを見たことがない。いかにも、

「全財産をはたいてしまいました」

といっているかのようである。世の中、お金があるところにはあるんだなあと感心する反面、あんな家でも住みたいと思う人がいるんだなと驚いたりもした。住んでいる彼らからみたら、1LDKで部屋の広さが畳十四枚分しかない部屋に住んでいる私を見て、

「よくあんなところに住めるわね」

と軽蔑《けいべつ》されるかもしれないが、家賃と広さを考えると、ここはまっとうな値段であると思っている。私にはあれは土地代がほとんどとはいえ、八億円の価値があるとは、とうてい思えないのである。

ところが昨日、私の手元に驚くべきものが送られて来た。某マンションの会社からのダイレクトメールである。よくこういうものが勝手に送られてくるのだが、何を基準にしているのか知らないけれど、家賃七万四千円の部屋に住んでいる私を呆然《ぼうぜん》とさせる、このようなパンフレットはごみにもなるし、やめて欲しい。といいながら、何か話のネタはないかとしげしげと見てしまうのが、私のよろしくないところである。今まで送られてきたパンフレットの、マンションの相場は二億円から三億円であった。ところがこのマンションはすごい。何と最高価格が二十六億円。いちばん小さな部屋でも十二億円である。3LD

Kなのに風呂場《ふろば》が二か所ある。バルコニーだけでも私の住んでいるところよりも広かった。たとえば一番狭いところを、十二人で共同購入したって、ひとり一億円。とうてい払える金額ではない。私が貯金をはたいてここを買うためには、いったい何人と共同購入しなきゃならないかと計算してみたら、二百四十人という数字が出た。そうなると私の取り分はたったの〇・七六平方メートル。それだけではない。貯金をはたいても横になって寝られないという情けない結果になった。それだけではない。そのマンションのなかにはヘルスクラブまであり、維持、管理預託金として三千万から六千五百万を払わなければならない。あまりにお金ばつかりふんだくられるしくみになっているので、笑ってしまったくらいである。

どれもこれも正気の沙汰《さた》とは思えない金額だが、私のところにまで案内が送られてきたところを見ると、真剣に商売として考えているらしい。二十六億円の迷いそうなほど広いマンションに、いったいどんな人が住むのか知りたいものだ。隣町にできたマンションは、家賃が平均六十万円と豪華版だが、五十世帯のうち入居しているのは、たったの二世帯だけだ。外見はすばらしくかっこよく、広い庭もあり、そこの一角が雑然とした世の中と隔絶しているかのようである。そこにたった二か所だけ電灯がついているのを見ると、不気味であるが、これがまっとうな姿のような気がする。例の億ションも、窓という窓に煌々《こうこう》と明かりがついているのではなく、こんなふうにゴーストタウン化して欲しいと、私は意地悪く願っているのである。

ひと時代前のが好き

雑誌のグラビアなどでシステム・キッチンのきれいな写真を見ると、料理を作る場所というよりも応接間のように見える。整理に困る鍋《なべ》・釜《かま》・食器の類《たぐ》いが、キャビネットに収納されて影も形も見えない。積み重なった鍋が調理台でピサの斜塔状になっていたり、おたまやヘラや菜箸《さいばし》などが、壁に引っ掛けられてぶらぶらしていることもない。キッチンの色合いも真っ白、ワインレッド、木目とさまざまで、とてもリッチな雰囲気ではある。しかしあんなにだだっ広かったら、物を出すのにもしまうのにも、あっちこっち歩き回らなければならず、一回料理を作ったら息切れしてしまうのではないかと、心配になったりするのだ。

私が理想としているのは、昭和三十年くらいに建てられた、木造家屋のいわゆる「台所」である。ほどほどに日がさしこみ、窓の外は生け垣。お豆腐屋さんが「こんちは」と顔をのぞかせる勝手口があるともっとよろしい。そうはいっても流しが石だったり、水しか出ないというのはちょっと困る。年月がたつにつれて石の流しはステンレスに変えられ

たり、湯沸し器や換気扇が取りつけられたりして、少しずつ便利なように手直しされている台所が好きなのだ。つまり、

「おとうさん、そろそろ二世帯住宅に建てかえましょうかねえ」

という話題がでるくらいの家の台所に心をひかれるのである。

そのような一時代前の台所はこぢんまりしているので、ふだんつかう台所用品はみんな手を伸ばせば届く範囲内にある。おたまも菜箸も目の前にぶらぶらしている。ガス台も換気扇もまめに手入れはしているものの、何となく油っけが残っているし、ステンレスの流しも磨いてはあるが、ちょっとでこぼこしている。だけどふきんはいつも真っ白。床もちゃんと拭《ふ》き清めてある、というのが私にとっての最高の台所である。使い込んだ鍋がピサの斜塔状になっていてもいい。窓の桟《さん》にまな板が立て掛けてあってもいい。料理のための裏方が準備万端整えて待機していて、そのうえ清潔感もあって、いかにも「食べるものを作る場所」という感じがするではないか。

物を作る場所はだいたいにおいて雑然としているものである。私はどんなにごみ溜《た》めみたいなところでも、人が物をつくる場所は好きだ。きれいとはいい難いが、使う人が働きやすいように、雑然としたなかにそれなりの秩序《ちつじょ》があるからである。

「人がいて、働いている」

という感じがする。しかし残念ながらシステム・キッチンにはそれが感じられない。台

所と違ってあまりにきれいすぎて人の匂《にお》いがしない。あれは生活とは全くかけ離れたもののような気がする。私はシステム・キッチンの写真を見ると、

「こんなところで作る料理ってまずそう」

と、いつもつぶやいてしまうのだ。

私の持ち歌倍増作戦

私のカラオケの第一歩は、山口百恵《ももえ》の『いい日旅立ち』から始まった。生まれて三十七年間、カラオケを拒絶し続けてきた私が、青森旅行のときに、ホテルのスナックで友人に選んでもらったのが、この曲だったからだ。友人にすすめられるまま、マイクを握って歌ったのが運のつきで、以来、私は月に一度のカラオケが楽しみになったのである。

それから私の持ち歌倍増作戦が始まった。とにかく持ち歌を増やしたい一心だったので、カラオケが好きな若い友人に電話をかけて、どうやってレパートリーを増やしたのかを聞いてみた。するとみんなものすごい努力をしている。まずCDを借りて、自分が歌えそうかどうか判断する。店によってはカラオケで人気があるCDのランキングを貼《は》りだしているところもあって、それを参考にすることも多いらしい。そして歌えそうだとなるとテープに録音して、何度も何度も練習し、あげくの果てはその曲のカラオケが録音されているCDやテープを買ってきて、仕上げの練習までするというのであった。

しかし私は当時、そんな段階までいっていなかった。どの歌手の曲を選んでいいかもわからない。CDが並んでいるのを見ても、どれを選んでいいやら、皆目、見当がつかないのである。最初が山口百恵であったから、彼女の歌を片っぱしからやってみようかとも思ったが、いい歳《とし》をした私が、

「あなたに女の子の一番大切なものをあげるわ」

と歌っても、

「そんなもん、いらねえや」

といわれるのは目にみえているので、これはやめにした。選曲に関して、いちばんの問題は私の声が低いことであった。友人に聞いて回った結果、中島みゆきがいいのではないかとアドバイスを受けた。こういう場合、友人のアドバイスは貴重なので、疎《おろそ》かにしてはいけない。彼女の歌なら聞き覚えがあるし、歌詞も知っているので、CDを買って練習した。そのなかで『ひとり上手』を選んだのだが、私の現在と歌詞がぴったりで、三十七歳の女が歌うと、あまりにはまりすぎて困ったもんだとは思ったが、そんなことはいっていられない。一曲でも歌える曲を増やすのが、私の希望だったからである。音域もぴったりで、なんとか歌えるようになり、この曲をカラオケ・ボックスで歌ったら、同席していた関川夏央《せきかわなつお》さんは、むっとした顔をしていた。彼は彼女のファンだということもあり、

「中島みゆきを汚すんじゃない」

といいたげであった。

「どうでしたか、先生」

厳しい審査員でもある彼に感想を聞いても、

「うーむ」

とうなったまま、即答を避けた。中島みゆきは歌ってもらいたくないという雰囲気が、彼の体からにじみでていた。しかしカラオケに目覚めた私は、始めた早々、出鼻をくじかれてはたまらないと思い、カラオケの進歩のためには、関川さんの感情は無視して、『ひとり上手』を歌いこむことに決めた。友人の納得できるアドバイスは聞き、納得できないものは無視して自分の道を歩むのが、カラオケにおいてはよい方法であると私は思うのである。


なかには、とにかくどんな曲でも、まず歌ってみたほうがいいという人もあり、その方法も試してみた。しかしカラオケのリストには、あれだけの曲がはいっているのに、いざページをめくってみると、なにも歌う曲がないような気がしてくる。最初のころは、知っている曲に手あたり次第にチャレンジしては自爆した。都《みやこ》はるみの『アンコ椿《つばき》は恋の花』、島倉千代子《しまくらちよこ》の『愛のさざなみ』、園《その》まりの『逢《あ》いたくて逢いたくて』など、あまりに自爆の仕方がすごかったので、もう二度と歌う気にならない。歌い始めて、

「こりゃ、いかん」

と思ったとたん、こめかみから、たらーっと汗が出てくる。途中で「やめた」といえず、

しまったと思いつつ歌い続けるこの辛《つら》さ。その三分間を生き地獄といってもいいくらいである。そういう経験をふまえて、私は今まで歌った全曲をメモしておいたほうがよいと考え、曲目とその結果を書いておくことにした。たとえば、「真夏の出来事　平山三紀《ひらやまみき》　♭1○」とある場合、♭1というのは、キー・チェンジャーでいくつ下げるかの控えである。これがあれば、イントロのときに音程が下げられ、歌い始めてからじたばたする必要がなくなるわけである。丸印は何とか歌えるというマークである。練習がまだ必要な曲は△、自爆したうえチャレンジ不可能と思われたり、捨てた曲は×というわけだ。持ち歌を増やすためには、まず歌ってみなければわからない。恐ろしいことに歌手のCDと一緒に歌っていると、自分は歌えるような気になるのだが、いざカラオケのCDにあわせてみると、とんでもなくヘタクソなのがわかる。

「こんなはずじゃなかった」

といいたくなるのだ。

基本的に歌のうまい歌手の歌は選ばないほうがいい。美空《みそら》ひばりはもちろんのこと、都はるみ、石川さゆり、森昌子《まさこ》も辛い。とにかく歌唱力のある歌手の歌を歌おうとすると、どこで息継ぎをしていいかわからず、歌っている途中で酸欠状態になるし、あまりに簡単そうに歌っているから、

「これなら自分もできそうだ」

と甘い考えを持ったが最後、ドツボにはまるのは目にみえている。本当に自分の歌唱力に自信がある人以外、避けたほうがよい。持ち歌倍増計画の前に、次から次に立ち塞《ふさ》がる壁に、私は頭を抱えた。そこでひらめいたのが、雰囲気でごまかせる歌を選ぶことである。まず狙《ねら》いをつけたのが、いしだあゆみの『ブルー・ライト・ヨコハマ』だった。幸い、この曲は声量がなくても、多少音痴でも、誰が歌っても、そこそこに聞こえるという利点があり、困ったときは『ブルー・ライト・ヨコハマ』と私は決めているのだ。

だんだん持ち歌が増えてくると、みんなが知っている歌は歌いたくなくなってくる。とはいっても、歌い始めたとたんに、

「これ、誰の曲なの」

と周囲がざわつくような歌というのも、ちょっと空《むな》しい。参加者の半分くらいが知っていて、「しぶい」といわれる歌を選ぶのがよいと思うのであるが、これがまた、なかなか難しい。始めたころは、

「私が歌えそうな曲なら、なんでもいいわ」

と素直だったのに、だんだん欲が出てきて、あれはだめ、これはいや、と選曲を厳しくチェックするようになった。それでもおのれの歌唱力がともなっていれば「美空ひばり全曲集」でも何でもござれなのだが、この理想と現実のギャップを埋めるのが難しいのである。

カラオケは一曲百回といわれているそうだ。百回歌いこめば、歌えるようになるらしいのだが、根が飽きっぽい私は百回も歌えない。音をはずさないで歌えるようになると、すぐ次の曲に手を出したくなる。あるとき、私はあれこれ考えたあげく、新しい持ち歌として、松村和子《かずこ》の『帰ってこいよ』を練習した。次のカラオケ大会の一曲目は、これでばっちりだと張り切っていたのに、現場でその曲を先に歌われてしまったときのショックといったらなかった。おまけに自分よりも、もっともっとうまく歌われたからなおさらだ。へなへなと全身の力が抜けていくのを、他の人に悟られないように平静を装《よそお》い、

「大人なんだから、こんなことでムッとしてはいけない」

と自分自身にいいきかせた。しかし、カラオケリストのページをめくりながら、

「いいんだ、いいんだ、もう……」

とその日は、すべてを捨てたような気分になったのも事実である。私が家に帰ってから、メモの『帰ってこいよ』のところに×をつけたのはいうまでもない。こういうアクシデントもあるから、持ち歌は多いほうがいいのである。

持ち歌を増やす場合、古い曲にするか、今はやりの曲にするか、これは難しい問題である。だいたい物覚えが悪くなっているから、今はやりの曲を、一からマスターするのは、どんなに早くても一か月はかかる。となると、覚えたころはその曲は新曲じゃなくなっていて、歌うといちばんヤボな曲になる可能性があるわけだ。今、『君がいるだけで』を歌

うと受けるが、『ＳＡＹ ＹＥＳ』を歌っても、誰にも喜ばれないのと同じである。これでは努力が無駄になるし、どうしたらいいだろうかと、これまた真剣に考えた。そして到達したのが「永遠の名曲」を歌うということである。最近、私が練習しているのは、大橋純子《じゅんこ》の『シルエット・ロマンス』と『たそがれマイ・ラブ』である。彼女もとても歌唱力がある人だけれど、演歌系の歌手よりもなじみやすい。例の理想と現実のギャップの問題もあるが、この曲なら百回歌ってもいいと思っている。

まあ、こういう曲ばかりというのもなんだから、気分転換に同い年の友人と、Ｗｉｎｋの曲を歌って遊んでいる。これはおばさん翔子《しょうこ》と、おばさん早智子《さちこ》がちゃんとハモる練習もしなければならないので、時間がかかるのだが、うまくいった喜びは苦労した分、二倍になる。昨年の十一月から『淋《さび》しい熱帯魚』を練習し、今年の二月に歌ってみたら、あまりに上手にできたので、うれしくて続けて三回歌ってしまったくらいなのだ。次回の課題曲は『真夜中のエンジェル』と『真夏のトレモロ』である。私は電車に乗るときには、覚えたい曲の歌入りとカラオケの両方を録音したテープを必ず持っていく。きっとこれから何か月かの間は、電車に乗るたびに、大橋純子とＷｉｎｋの曲が、私の頭の中でぐるぐると渦を巻き、理想と現実に悩みつつもマイクを握ることになるのである。

「毛」の話

知り合いに「毛」で悩んでいる父娘《おやこ》がいる。娘にはかわいい産毛《うぶげ》がうっすら、父親のほうには毛がふさふさ、というのなら何も問題はないのだが、残念ながら娘にはどっさり、父親にはうっすらと、うまくいかない父娘なのである。娘のほうは二十五歳。顔よし、スタイル抜群。頭の回転もよく性格も申し分ない、非のうちどころのない人である。最近ではエステティックにやみつきになって、お金をつぎこむ若い女性も多いそうだが、彼女はその美の殿堂に興味はあって、永久脱毛の広告は穴があくほど眺めるものの、気後れしてしまって、どうしてもエステティック・サロンのドアを開けられないというのである。

二、三年前のことになるが、彼女はデートの約束があったので、前夜、いちばん簡便な深剃《ふかぞ》りのきく二枚刃でスネ毛を剃った。ひさしぶりのデートなので気合がはいっていたわけである。そして当日の夜、ベッドで足をからませていたら、彼がずりあがりながら、突然、

「ツンツンツン」

といった。いったい何だろうと思っていたら、今度は、

「剃ったばかりでツンツンツン」

と耳元でささやかれてしまった。

「それからカミソリを使うのはやめました」

彼女はきっぱりといった。ムースも、透明なガム・テープを一気に剝《は》がす方式も、あまりに毛が頑丈で効果がない。剃ればツンツンツンといわれる。やはりいちばんいいのは毛抜きだという。一、二本ならともかく、いらないところを全部抜いてしまうとなると、どんなに痛く、どんなに時間と労力がかかることか。私にとってはこれは拷問《ごうもん》に等しい。

「だって、大胆なハイレグの水着、着たいもん。それくらいのことは我慢しちゃう」

と彼女は脱毛に命をかけているのである。私の場合は毛よりも体型に問題があるので、ハナからハイレグなんて関係ないが、彼女みたいにあれだけスタイルがよければ、腰骨まで切れ上がっている水着を着たくなるのも人情というものであろう。だけどそれを着るためには硬い毛の壁があるわけである。

ここからは彼女の友人A子に聞いた話だが、二人はゴールデン・ウィークに南の島へいった。もちろん毛深い彼女は自慢の大胆な水着を持参である。夕方ホテルに着いて、

「明日は朝から泳ごうね」

といってベッドに入った。夜中、妙な気配がするのでA子がふと目を開けると、隣のべ

ッドの上にあぐらをかいた毛深い彼女が、月明りに向かって何事かやっている。見ていると、彼女は毛抜き片手に一心不乱に毛を抜いていたというのである。猫背になって必死に作業していたかと思うと、ふっと小さなため息をつき、ぐわーっと背伸びをしたり肩をぐるぐる回したりする。柔軟体操をひとしきりやると、また毛抜き作業にとりかかる。A子はたまげたものの、寝たふりをして、しらんぷりをしていた。そして朝、毛深い彼女は切れ込みが大胆な水着に身を包み、深夜の苦労など微塵《みじん》もみせずに、すまして浜辺を歩いていたのであった。

彼女の父上は五十三歳。中小企業の部長である。いつもにこにこして優しいおじさまで、私からみれば毛なんか薄くたっていいじゃないかと思うのだが、これまた本人にとっては大問題のようなのである。ある日、彼は妻に命じて、花王のルーネットという名前のブラシを四本買ってこさせた。二本を書斎に、二本を洗面所に置いて、

「これで完璧《かんぺき》だ」

とにんまりしている。不思議に思って聞くと、同じ悩みを持つ部下が、ルーネットを両手に持って暇さえあれば叩《たた》いていた結果、毛がはえてきたという情報をもたらしたというのである。それからは、父上は家に帰ると両手からルーネットを離さない。

「だんだん調子がでてきたぞ」

とうれしそうにいいながら、毎日、頭を叩き続けていた。ところが一週間たち二週間た

つと、父上の顔がこわばってきた。変だなあと思って見ていると、朝食のときに父上が両手で頭を抱えて、

「痛い」

と訴えたのである。彼女も母上もあわてて、

「おとうさん、どうしたの。突然死なんて嫌ですよお」

といいながら体にすがりついた。

「あーっ！」

母上が突然大声をあげた。

「ど、どうしたの、おかあさん」

彼女が涙声でいうと、母上は、

「おとうさん、頭にかさぶたが……」

といってしばし絶句していたが、天を仰いで大笑いし始めた。彼女も一緒になって父上の頭を点検すると、じんわりと出血しているのに気がつかないで、ガンガン叩きまくったらしく、かさぶたができてメロンパンみたいになっていたというのである。

「しょうがないわねえ。おとうさんはせっかちだから、早く生やそうと思って力まかせに叩いたんでしょう」

かさぶたに消毒液を塗ってもらいながら、父上は痛い痛いといって目に涙をためていた。

それでも懲《こ》りることなく、帰宅すると未《いま》だにルーネットを両手から離さないそうである。

完璧な脱毛効果を得るために、毛抜き片手に睡眠時間を削ってまで頑張る娘と、育毛効果を心から信じて、にこにこしながらルーネットを両手に持ってかさぶたができるほど頭を叩く父親。母上は、

「あんたが抜いた毛を、何とかお父さんの頭に移植できないかしら」

といっているそうだが、ノーベル賞ものの画期的な発明がされない限り、まだまだこの父娘の「毛」との闘いは続く。すぐエステティック・サロンのドアを叩いたり、男性用かつらに頼ろうとしないのが彼らのいいところである。「小さなことからこつこつと」というほうを選んでしまったわけだ。一縷《いちる》の望みを持って日々精進し、睡眠時間を削っても頭がメロンパンになっても頑張る。彼らのそういう姿を想像すると涙がでるほどおかしくなる。だけど何てかわいらしい家族なのだろう。私はこういう人々が大好きである。

税金童話

私は税金という文字や言葉を聞くたびに、腹の底からいい知れぬ怒りを覚える。OLのときは、所得税を天引きされていたから、税金を払っている実感はあまりなかった。ところがOLをやめて物書き専業になってから、毎年、税金に悩まされ続けている。そして税務署の調査を受けて以来、税金と聞くと、かーっと頭に血がのぼってしまうのである。

収入における経費の割合は二十パーセント程度。経費として、本代、ビデオ、家賃の何割か、交通費、交際費、などを計上していた。税務署がやってきても、まったく問題はないと思っていた。ところがやってきた署員は、帳簿を見て、

「趣味で読む本と、仕事で読む本に分けろ」

とぬかした。そして趣味で読む本は経費としては認められないというのであった。私はそのことばで、ぷつーんと頭のセンが切れた。こいつらは私の一生の敵だと思った。物書きに対して、よくもこういうことをしゃあしゃあといえるなと、あきれかえってしまったのである。

「それはそちらでは、どういうふうに区別してるんですか」

といったら、彼は、趣味で読む本は、「何度も繰り返して読む本」で、仕事で読む本は「一度きりで捨てる本」といった。税務署ではそういう基準があるらしい。私はこんな屁《へ》理屈《りくつ》に屈服してたまるかと思い、

「そんなこと、できません!」

と突っぱねてやったが、どうしてもおみやげが欲しい彼は、ああだこうだと重箱の隅をつつきまわしたあげく、書き下ろしの経費は、本が出版されたときでないと認めないといって、結果的に私は修正申告を余儀なくされた。このとき私は、日本ではまじめに働いたら損をするということがわかった。そして自分が主人公の「ぜいきんどうわ」がふっと頭に浮かんでしまったのである。

あるところに、ようこちゃんという子がいました。おつとめをしているときは、いやらしい上司のおじさんに、胸やお尻《しり》を触られそうになったり、お給料が安くてお洋服もろくに買えませんでしたが、生まれつきの運のよさが三十歳をすぎてめぐってきて、ひとりでなんとかお仕事ができるようになりました。

ようこちゃんは、一所懸命、働きました。

男のお友だちもできないくらいに働きました。一日おきに、原稿をへんしゅうの人にわ

たして、それがたまって本もできました。お仕事をすると会社の人が、おまんじゅうを十個くれます。会社は本を出すと、おまんじゅうが百個手に入るのですが、ようこちゃんのところにくるのは、そのうちの十個です。しかしそのうちの一個は、「げんせんぜい」でとられてしまうので、九個しかもらえないのです。それでもようこちゃんは喜びました。これでしばらくの間は、楽しく暮らせると、大事におまんじゅうが入った箱をかかえて、夜の道を歩いていました。

そのとき、ごつんと頭を殴られました。びっくりしてふりかえると、会社の人も文句のいえない、いぢわるな「くに」のおじさんが立っていました。そして、そのまんじゅうをよこせ、といいます。ようこちゃんはぷるぷると頭を横にふり、

「これは私が一所懸命に働いて、もらったおまんじゅうです。一個は『げんせんぜい』として、会社からおじさんに渡されるはずじゃありませんか」

と断りました。しかしおじさんは、

「そんなもんじゃ、たりねえんだよ」

といい、いやがるようこちゃんから、おまんじゅうの入った箱をむしりとり、五個をむんずとつかみました。

「くにできまっているから、しょうがないのさ。ぜいきんはみんなのためなんだ。くにがみんなから、まんじゅうをもらっているから、みんな安心してくらせるのさ」

おじさんはそういって、去っていきました。

ようこちゃんは、道路にばたんと倒れながら、

「それならば、くにと会社の人が相談して、最初から四個しかくれなければいいのに」

とつぶやきました。あとからやってきて、取っていくなんて、どろぼうみたいです。でもおじさんは、おまんじゅうはみんなのためだといっていたので、ようこちゃんはいいこともあるのかと、楽しみにしていました。でも、ちっともいいことがありません。ようこちゃんは、口のうまい、くにのおじさんを信用するのはやめました。これからもおじさんは、夜道でようこちゃんのことを待ち伏せし、またおまんじゅうを取っていこうとするでしょう。ようこちゃんは、これからはあまりおまんじゅうをもらわないほうがいい、はたらくのはやめたほうがいいなと、しんけんに考えたのでした。

おわり

新潮社版あとがき

一九九五年、私は一年仕事を休んだ。厳密にいえば、書き下ろしはしていたので、完全な休養ではないが、連載のない毎日を送ることができた。ところがその一年というのが、九五年だけ百五十日しかなかったのではないかと疑いたくなるくらい短かくて、だまされたような気分であった。

一月はスキーに行っただけで、あとはぼんやりと過ごすと、二月、三月はあっという間にやってきた。四月、五月と気候がよくなると旅行に行きたくなり、旅から帰ると日本は梅雨《つゆ》で、何もする気がなくなった。また七月、八月の暑さは並みではなかったから、

「あじじ、あじじ」

とのびたまま、でろーんとしていた。九月になったところで、ワープロの調子が悪くなってきたので、いっそのことパソコンにしてしまおうと、機種選びが始まった。ああだ、こうだとやっているうちに、母親を旅行に連れていったことがないのに気がつき、多少暇があるうちにと、十月に京都に連れていった。東京に戻ってきたら、もう十一月である。

十一月になったら、パソコンがやってきた。仕事で使うので、早く覚えねばとやる気まんまんだったが、まずマニュアルの多さにげんなりし、何をいっているのか、ちんぷんかん

ぷんなので、書店で初心者用のパソコン本を買い漁《あさ》っているうちに、十二月になった。パソコンのほうは、順調に作動しているものの、時折、とんでもないことをやって、必死に書いた原稿が、空の彼方《かなた》にふっとんでいったことも、一度や二度ではない。

「これも時間に追われる連載がないからこそできるのだ。連載を抱えていて、もしこんなことがあったら、気を失ってしまうかもしれない」

などと思ったりした。

そして今は十二月も終わりである。

「何だ、こりゃあ」

と手足をばたばたさせたくなるくらい、あっけない一年だった。まだパソコンの扱いにも慣れていないし、一年間休んだという充実感が全然ない。できればもう一年、休みたいなあと思っているのに、編集者は仕事をしろ、仕事をしろという。大きなお世話である。

これからは三年に一度はきっちりと休みを取らせてもらおうと、私は固く心に誓ったのであった。

この本は一年間、休んだあとの最初の本ですが、書き下ろしじゃありません。その点、お間違いのないように。

一九九五年十二月

群　ようこ

ハルキ文庫版あとがき

この本は二十年以上前に発売されたものだが、このたび関係出版社のご厚意で再刊されることになった。私は自分が出した本を、よほどのことがない限り読み返さないのだが、あらためてゲラを読んだ感想は、

「若い！」

だった。自分にもこんな時期があったのだなあと妙に感慨深かった。私は日記を書かないので、過去が文章になって蘇《よみがえ》ると、「へええ」と思う。出不精のわりには、けっこうあちらこちらにいっているし、体力も十分といった感じだ。

歳《とし》を取るにつれて、予想もしなかった様々な問題が発生するけれど、まだこのときの私は、重大な問題は抱えていなかった。せいぜい体重が増えたくらいのことである。当時は大問題だったが、人生の問題に比べれば小さい。それがまだわからなかった若い私がここにはいる。まあ、それもまたよしである。この本のなかの当時の私を、我が子を見るような気持ちになって見ている。この本には私の自信作、「ぜいきんどうわ」も収められているので、楽しんでいただければうれしい。

二〇一八年二月

群 ようこ

解説――「私家版・群ようこのできるまで」

西村かえで

私の名前に見覚えがあるという読者は、相当の群ようこマニア、あっぱれとホメて差し上げましょう。

時には「大阪の占い師の友人」などと書かれて、文中に登場したりします。占い師、んー、なんともあやしい響きの職業。おまけに日本のアジアと言われる大阪！となるとあやしさを通り越してアブない人みたいですが、そんな知り合いがいるというのも彼女の引き出しの多彩さ。

どうやら、私との出会いが、彼女に「群ようこ」という名を冠するキッカケとなったようなので、その辺りの説明も含めて、私家版「群ようこのできるまで」をご紹介しようと思います。

当時、メジャーになりつつあった「本の雑誌」。私は某出版社の編集の職にありましたから、主幹の椎名誠《しいなまこと》さんと職業上の機会に恵まれてお近付きになったばかりでした。群さんは同じ頃、椎名さんに求職し、本の雑誌社の経理担当として雇われます。その経緯は椎名さんが誌上で、同時レポートしていましたから、私ら「本の雑誌」の読者にはみな周知の事実でした。

その暮れに、内輪の忘年会が開かれるということで、私も呼ばれて出向きました。ごく少数の忘年会、今思えばその規模で催されるのは最後でした。「本の雑誌」の出世により、翌年からはホテルで大々的に開催されるようになりましたから。

四谷の地下にある小さなスナックが会場。薄暗い階段を降りていくと、入り口そばのブースで、甲斐甲斐《かいがい》しく会費集めに励んでいる、背の低いおかっぱ頭がまるでこけしのような女のコがいました。

あー、これが最近入った事務員さんね。

そのまま私は、事務員さんと同じブースで、年長の常連ライターを囲んで歓談。群さんとは個人的な会話もなく忘年会はお開きになりました。

年が明けて、私は自分のいた出版社の新女性誌の発刊に携わることになります。その中の書評を誰に頼もうかということになりました。

椎名さんでは有名になりかけていて、今更肩入れしても面白くない。

それにできることなら女性に頼みたいと、うーんと思案を巡らして思い付いたのが、「かの事務員さん」でした。

そうそう、本の雑誌に就職しようと考えるくらいのコだもの、タダモノであるはずがない。

本人のことはよー知らんが、えーい、頼んでしまえ。実に安易な決断だったのです。

人生を振返れば、私の取り柄はこういう即席で安易な直感にあると感じます。おかげでずいぶんと省エネモードでいろんなハードルをクリアーしてきました。ここでの直感が間違っていなかったことは、現在の群ようこの活躍を見ればみなさんにも同意していただけるでしょう。

書評を依頼すると、当然のことに群さんは驚きました。

それに加え、何を書こうとどう書こうと万事お任せと言って依頼したんですから、私の手抜きも相当なもんです。

彼女は、上司である目黒考二《めぐろこうじ》さんに相談して、ペンネームを付けてもらい、原稿も見てもらったようです。私があれこれ注文を付けるよりこの方が、ずっといろんな人の知恵が集まっていい出来になるというものです。やっぱり、人の原稿でメシを食う編集者たるもの、いかに他人を働かすかで技量が決まるよなッ、と手抜きの言い訳をする私。

とにかく、群ようこの第一作がこうして世に出ました。

その後の彼女の活躍のおかげで、私の即席で安易な直感からの選択が、私に栄《は》えある「群ようこの第一発見者」という称号を与える結果となったのです。

それからしばらくして、私は中央線快速のぎゅう詰め通勤に嫌気が差して会社を辞めてしまいます。編集者時代に、ひまに任せて、パズルや星占いの研究と称して遊んでいた私には、いつしかパズル作家と星占い師というあやふやな肩書きが付くようになりました。辞めてからやっと、群さんと個人的に会う機会が持てました。その時に初めて、彼女の誕生日を知ったのですが、なんと、私と一週間違いの射手《いて》座同士でした！（群さんが12月5日、私が12日。歳《とし》は私の方が三つ上）なるほど、ろくすっぽ話もしないうちから、お互いに分かり合ってる気がしたのも当然だったのです。

射手座は何よりも自由を愛する星座です。束縛されるとすぐに逃げ出す。彼女が転職を重ねたのも、私が簡単に仕事を辞めたのも自由願望の故《ゆえ》です。知的好奇心、探求心に導かれるまま一つのことを追いかけて没頭する。ものやお金よりも真実の探求の方が大事なのです。彼女はそうして、本の虫、本の研究家になり、私は世の中の不可解さのなぞ解き欲求からパズルと星占いにはまったという次第。

その日、家に帰ってから彼女のホロスコープを作りました。

おー、これはすごい、大三角という大吉運に加えて、T字クロスという凶運が出ている。大吉運だけでは、何もしなくてもそこそこ幸せに暮らせてしまうから、人は案外平凡な人生に終わってしまいがちです。そこに凶運が加わることで、行く手に障害は起こっても、簡単にはへこたれない強い人間になるのです。

これは余談ですが、女性の企業家ばかりが集まる会があり、全員のホロスコープを見たことがあります。メンバーのホロスコープはきれいに二タイプに分かれました。確かに第一線で活躍する人には大吉運と凶運が共に現われていて、実際に離婚やいろんな係争を乗り越えて、成功を手にしたというのが明確に分かります。それに比べ、そういう人達の単に取り巻きでしかないメンバーには大吉運も凶運も出ていなかったのです。

群さんは確かに一流になると予想が付きました。その上に、彼女にはくっきりと文才が現われていました。作家となるのはホロスコープでは明らかでした。ただし、残念ながら恋愛運だけはノーグッドでした。その他がこれほど素晴らしいのだから、「結婚は諦《あきら》めな」と冷たく告げた覚えがあります。

恋愛の動向を示す金星に土星がどっかり取り付いていて、「燃えない、乗らない、実らない」の三重苦。

「せいぜい年上のジジイには好かれるけど、結婚には至らずに終わるでしょう」と言うと、「そうなの、なぜかオヤジには好かれるのよねー」と本人もこぼしていました。

大変スラプスティックな家庭環境で育っていますが、その育ちが彼女に幸運をもたらすとも出ていました。初回作品から、その珍奇な家庭を創《つく》り出した元凶たるチチウエは大活躍していました。

彼女の作品の大きな武器は、簡潔で無駄のない、骨太の文章にあります。この文章で展開される、外科手術とも言える世の事象の解体や批評が、実に適確に的を射ていて読んでいる方は気持ちがいい。昨今の、ウェットな男の作家があざといレトリックで、泣かそう泣かそうとドラマを仕立てるのに、彼女は軽く、言い放って、おまけに笑わしてくれるのだからお見事！

これは彼女が、太陽は射手座にあるけれど、月が牡羊座《おひつじ》という、極めて男性的な星座にあるからなのです。

射手座の自由さに、牡羊座の目的一直線のストレートさ、無駄のないアプローチ、決断の速さ、大胆な行動力が加わります。だから、彼女の書くストーリーには余計なためらい、逆行、停滞が一切ない。

常に前進あるのみで、毒舌、単刀直入の物言いになるのです。

実際の彼女は、文章からは想像できないほど、穏やかな人です。話し方は大変ソフト。話の中味まで穏便とは言いませんが、簡単に激昂《げっこう》することなく多分、猫を撫《な》でる時でさえ甘えた声は出さないでしょう。何よりいいのは相手に媚《こ》びないところです。

女の姿はしていても、女であることで得をしようとは考えていない。

独立心の旺盛《おうせい》さも牡羊座の影響の現われと言っていいでしょう。

しかし、牡羊座の勝ち気な気性は決して表に出さない。実際、彼女はパッと見、ごくごく普通の女らしい人に見えるのです。私が最初に逢《あ》った時もそうでした。今、振返れば笑ってしまうほど、事務員然としていて、周囲の人をまんまとだましていたようにも思えます。そういう外見で背景に紛れて、しっかり現実を観察しているのが彼女です。まるで市原悦子《いちはらえつこ》の「家政婦は見た」のように、人より多く、深く現実を目撃しているのでしょう。

彼女の月は、私の木星と重なっています。この相性は、お互いの成長を助け、私にとっては大いなる喜びになるというものです。実際、彼女は、私を最初にチャンスを与えてくれた恩人と高く評価してくれ、第一作目の単行本から欠かさず送ってくれています。正直なところ、これだけの強運の持ち主である彼女は、私が声を掛けずともいずれ必ず作家になっていたはずなのです。

逆に、私の方こそ、第一発見者になれて良かった、手柄を横取りされなくて良かったと喜んでいるくらいなもんです。

ちなみに、私の六年間ほどの編集者時代に得た恩恵は二つあって、群ようこと出会ったことと、かの橋本治《はしもとおさむ》大先生と親しくなれたことにあります。

橋本さんの方は、太陽が私の木星とピッタリ重なっていて、こちらも同じく、助け合い、私にとっては喜びをもたらしてくれる良いつながりなのです。ホロスコープでこんなことまで分かってしまうというのが面白いでしょ。あら。すると、群さんと橋本さんは、太陽と月が重なることになる。まー、大変、二人には夫婦の相性があることになる。この文章を書いていて初めて気が付いた。ただし、群さんの方が夫ということになるけど……失礼、他人の星で遊んでしまいました。

彼女はその後、順調に多方面の著作をものにしていきます。多分、金星に取り着いた土星のおかげで、業界のオジサンたちが彼女に協力してくれたり、案外オジサンの読者が多かったりしたのではないかと推測しています。

私はといえば、ラッシュ嫌いの後は、さらに過密都市東京そのものが厭《いや》になり、そうだ、大好きな阪神タイガースの試合がテレビで終了まで毎日見られるところに引越そうと企《たくら》み、占い師の魔法を使って、甲子園球場の近くに引越してきました。

引越した翌年に阪神タイガースは、占い師の魔法とバース様のおかげで日本一にもなれました。ありがとうございます。

脱線しましたね、失礼、そういうわけで関西に群さんの知り合いが住んでいるという話です。

さて、これからの彼女ですが、来年'99年にまたまた、運勢がぐんと良くなると出ています。

社会生活の発展、喜び、それに期待は薄いですが結婚のチャンスもあります。一時の関係に終わってしまう公算もあるのですが、ぜひとも、一度は結婚を経験してみるのも面白いでしょう。だって、それによって、また面白い本が生まれれば、私も含め、ワガママな読者としては万々歳ですものね。

晩年は間違いなく、あの長谷川町子《はせがわまちこ》の名作「意地悪ばあさん」のようになるに違いないと睨《にら》んでいるのです。世の中の常識に突然パンチを食らわして、風穴を開ける、自由で大《だい》胆《たん》な知的年寄り。

今でも時たま、四コマ漫画のワンシーンのばあさんが彼女とダブって見えることがあるんですから。うふふ、どのシーンか知りたい？

ま、これは親しくさせてもらってるものだけの余禄ということにしておきましょう。

（平成十年十一月、占い師）

追記　その後の群ようこ

あれから20年。群ようこはさらなる進化を遂げて、日常をハードボイルドに描《えが》き出す作家となりました。

彼女の文章の素晴らしさは、無駄のない平易で簡潔な描写にあります。情の絡む厄介な問題でさえ滑稽に思えるトーンでさらりと描写する。群ようこの描く日常はポップアートのようにスマートで美しい。

化粧はしないけれど美しいものカッコいいものが好きな私にはたまらなく心地よいのです。これからさらに年齢を重ね、どのように成熟していくかが楽しみです。

（平成三十年一月）

この作品は平成十一年一月に刊行された、新潮文庫を底本としました。

Haruki Bunko
ハルキ文庫

む2-9

またたび回《かい》覧《らん》板《ばん》

著者 群《むれ》 ようこ

2018年4月18日第一刷発行

発行者 角川春樹

発行所 株式会社角川春樹事務所
〒102-0074 東京都千代田区九段南2-1-30 イタリア文化会館

電話 03(3263)5247(編集)
03(3263)5881(営業)

印刷・製本 中央精版印刷株式会社

フォーマット・デザイン 芦澤泰偉
表紙イラストレーション 門坂 流

本書の無断複製(コピー、スキャン、デジタル化等)並びに無断複製物の譲渡及び配信は、著作権法上での例外を除き禁じられています。また、本書を代行業者等の第三者に依頼して複製する行為は、たとえ個人や家庭内の利用であっても一切認められておりません。
定価はカバーに表示してあります。落丁・乱丁はお取り替えいたします。

ISBN978-4-7584-4158-2 C0195 ©2018 Yôko Mure Printed in Japan
http://www.kadokawaharuki.co.jp/[営業]
fanmail@kadokawaharuki.co.jp[編集]　ご意見・ご感想をお寄せください。

JASRAC 出 1803021-801

群 ようこの本

れんげ荘

月10万円で、心穏やかに楽しく暮らそう！　――キョウコは、お愛想と夜更かしの日々から解放されるため、有名広告代理店を45歳で早期退職し、都内のふるい安アパート「れんげ荘」に引っ越した。そこには、60歳すぎのおしゃれなクマガイさん、職業“旅人”という外国人好きのコナツさん……と個性豊かな人々が暮らしていた。不便さと闘いながら、鳥の声や草の匂いを知り、丁寧に入れたお茶を飲む贅沢さを知る。ささやかな幸せを求める女性を描く長篇小説。続々重版出来！

ハルキ文庫